crônicas
da noite
antologia

Copyright © 2023 por Lura Editorial
Todos os direitos reservados.

Coordenador Editorial
Stéfano Stella

Preparação
Débora Barbosa

Diagramação
André Barbosa

Capa
Roger Conovalov

Revisão
Gabriela Peres

Impressão
PSI7

DADOS INTERNACIONAIS DE CATALOGAÇÃO NA PUBLICAÇÃO (CIP)
(Câmara Brasileira do Livro, SP, Brasil)

Crônicas da noite : antologia / organização de Eduardo Carvalho. –
1. ed. – São Caetano do Sul, SP : Lura Editorial, 2023.
  112 p.

  Vários autores
  ISBN 978-65-5478-132-9

  1. Antologia   2. Crônicas brasileiras   I. Editorial, Lura.

CDD: 869.935

---

1. Crônicas : Antologia : Literatura brasileira
869.935

[2023]
Lura Editorial
Rua Manoel Coelho, 500, sala 710, Centro
09510-111 – São Paulo – SP – Brasil
www.luraeditorial.com.br

crônicas da **noite**
antologia

organização de
Eduardo Carvalho
e **Lura Editorial**

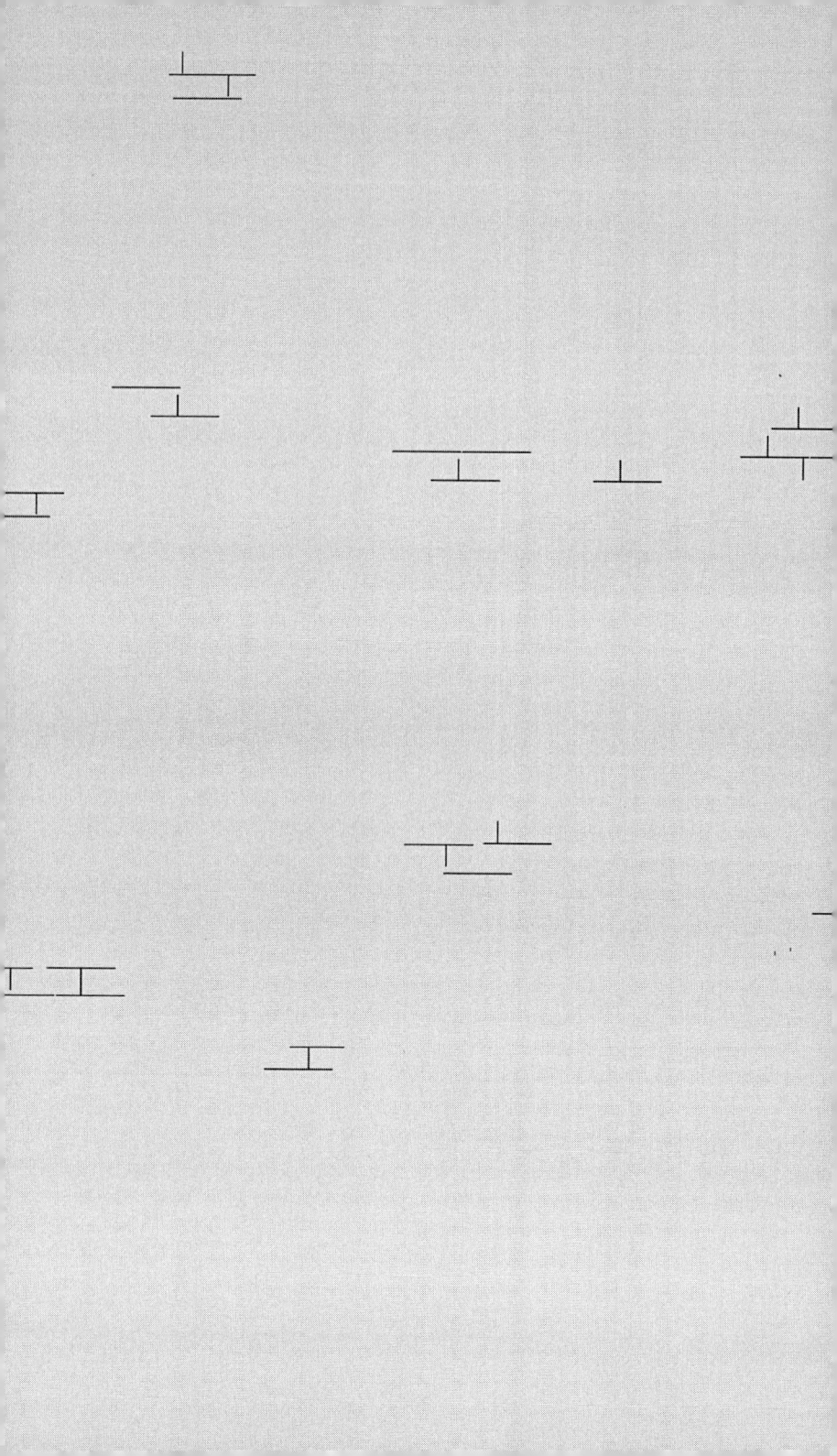

APRESENTAÇÃO

A noite, esse universo misterioso e fascinante, ganha voz e vida através das páginas de *Crônicas da Noite*. Agora, exploramos o gênero mais brasileiro da literatura sob um novo prisma: o noturno.

A crônica e a noite são repletas de nuances. O olhar atento e a preocupação com o que se desvela na escuridão estão presentes, assim como as estrelas que pontilham o céu.

E o que se desvela na noite? A solidão, o mistério, o encontro, o sonho, a melancolia, o silêncio, os suspiros da madrugada... A cidade que nunca dorme, os segredos sussurrados sob a lua, as histórias compartilhadas à luz das estrelas, os amores proibidos que florescem na penumbra.

Sob o manto estrelado da noite, os textos emergem como faíscas de inspiração, lançando a observação ao alto e deixando-a flutuar enquanto a analisa sob novos ângulos, com uma mente afiada e palavras que dançam como sombras.

Nada é trivial na noite.

Sonhos, mistérios, encontros furtivos, segredos revelados. Cada autor nos presenteia com narrativas sensíveis, sinceras e, em muitos casos, repletas de humor, como as risadas que ecoam na noite.

Espero que o espírito do leitor mergulhe nas profundezas da noite, assim como o meu mergulhou ao compilar este livro.

Divirtam-se!
EDUARDO CARVALHO

SUMÁRIO

TUDO TEM UM NOME 10
Eduardo Carvalho

AGRIDOCE 12
Alessandra Fróes Vega

A NOITE É DE QUEM AMA 14
Betânia Martins

ANTOLÓGICA 16
Carol Loborba

ALGUNS MINUTOS ANTES DO PARAÍSO 18
Claudia R. Noval

A BORBOLETA PRETA 20
Cleobery Braga

UMA NOITE DE UM SÁBADO QUALQUER I 22
Cristiano Casagrande

UMA NOITE DE UM SÁBADO QUALQUER II 24
Cristiano Casagrande

INSÔNIA 26
Daniela Onnis

A VIAJANTE DESCONHECIDA 28
Denise Marinho

NOITE ESPECIAL 30
Denise Marinho

EU E DEUS, A NOITE E O SILÊNCIO 32
Estela Maria de Oliveira

A NOITE 34
Farlley Derze

A LUA E NÓS 36
Félix Barros

O SONHO DO GUARDA-NOTURNO 38
FerBarth

REFÚGIO SOMBRIO 40
Francis Lima

AMOR DE MULUNGU 42
Gilberto Vitor

O SILÊNCIO QUE ME ENCANTA 44
Grazieli Cunha

ENTRE LARVAS E BORBOLETAS 46
Guilherme Theos

MEUS SONHOS NÃO DORMEM 48
Gustavo Tamagno Martins

MIMI TIME 50
Helena Klein

A CARA 52
Hell Ravani

**CONTANDO HISTÓRIAS DE ASSOMBRAÇÃO 54
NA CALADA DA NOITE**
J. G. Cutrim

ACIMA DE MIM 56
J. H. Resende

NOITES INTERGALÁCTICAS 58
José Roberto Moreira De Melo

PURANGA PITUNA 60
Josias Carlos

NOITE NA NECRÓPOLE 62
Igor Juan Alex Sander

MERGULHO NA NOITE 64
Katia Paiva

PREFIRO A NOITE 66
Lenita C. Gaspar

FELINO, MAS NEM TANTO 68
Marcos Mendes

PARTE DE MINHA PARTIDA 70
Marcos Mendes

SONHO INTERROMPIDO 72
Maria Amália

O LUAR DO MEU SERTÃO 74
Maria De Fátima Fontenele Lopes

AQUELA NOITE 76
Mônica Peres

A NOITE E A ESCURIDÃO CRÔNICA 78
Pacheco

ENTRE LINHAS E ESTRELAS: A VIAGEM NOTURNA DE UM ESCRITOR 80
Paulo M. Q. Resende

O SILÊNCIO DO DETETIVE 82
Pedro R. R. Angel

NO POENTE DA VIDA 84
Penha Franzotti Donadello

POR ONDE ANDA A RECIPROCIDADE? 86
Penha Franzotti Donadello

SABER MARAVILHAR-SE 88
Penha Franzotti Donadello

REFLEXÕES NOTURNAS 90
Rafaela Icó

ACASOS 92
Rodrigo Page

ANTES QUE A LUA CHEGUE 94
Rosangela Soares

UMA NOITE DE TODAS AS NOITES 96
Rosauria Castañeda

VOCÊ, FACULDADE, DORES E AMORES 98
Tiago J. de Oliveira

O O.V.N.I. 101
Antonio Reis

CONTEMPLAÇÃO 103
Vera Terezinha Faccin Carpenedo

NOITES DE VERÃO 105
Veridiana Avelino

É FANTÁSTICO? 108
Victor Terra

NOITE ETERNA 110
Wanda ROP

TUDO TEM UM NOME

Eduardo Carvalho

Numa noite de raro céu limpo, as estrelas testemunham um homem e seu cachorro descansando ao lado do carrinho de materiais reciclados.

Na outra calçada, as luzes de led iluminam os semblantes sorridentes de Carlos, Rubens, Rebeca, Ana Maria e Michel, os colegas de trabalho que comemoravam as vendas recordes de franquias de alinhadores odontológicos.

— Gente, gente, eu sei que estão animados, mas só para lembrar que hoje é por conta da firma — anunciou Carlos.

— Hoje vou beber tanto que vou encher o tanque da Verônica com meu hálito — disse Rubens.

— Trocou a Samanta por uma Verônica? — perguntou Rebeca.

— E antes mesmo de receber o bônus, Rebequinha! Eita carro para dar problema, viu? Agora, o próximo dono que se vire!

— Tenho tanta inveja. Vocês usam nomes de personagens de séries ou filmes para seus carros. Eu que não sou tão nerd apelidei o meu de Chico. Ninguém mais entende a referência com o Chico Anysio. Acho que vou chamá-lo de Zé.

— Zé é fofo — respondeu Ana.

— *Boring* — disse Michel.

— Chato é o seu, Michel.

— Pronuncia-se "Maiquel", quantas vezes eu preciso te lembrar, hein, Beca? Como é que você sempre esquece a importância do nome de alguém ou do carro de alguém?

— Vocês vieram pra comer e beber ou pra discutir? — perguntou Carlos. — Garçom, manda uma rodada de Negroni pra todo mundo!

— Vou querer um filé à Osvaldo Aranha — pediu Rebeca.

— Eu também — disse Michel.

— Eu quero um arroz biro biro — pediu Rubens.

— E você, Aninha? Já decidiu? — perguntou Carlos.

— Hmm... como está o fettuccine alfredo de vocês? — quis saber Ana.

— Está muito bom, senhora. Ele sai bastante — respondeu o garçom.

— Então vou querer um. Traz na frente do prato deles, porque estou com muita fome.

— E eu vou de filé Wellington — finalmente pediu Carlos.

— Demorou tanto pra pedir um pedaço de carne — comentou Rubens.

— Acostumem-se, porque teremos muita carne no churrasco do fim do mês. Nada de salada, arroz, farofa. Carne, carne, carne — anunciou Carlos.

— Posso levar o Vitinho e a Norma?

— Não, Ana, não me diga que você...

— Ah, não resisti àqueles olhinhos de filhotes. Tão fofos quando vi na loja. Tive que comprar. Acredita que o John saiu da depressão depois que os trouxe pra casa?

— Quem mais for levar os filhos, me passem os nomes depois, pra eu fechar a casa — disse Carlos.

Ana Maria, Rebeca, Rubens, Michel e Carlos dividiram comida, bebida e risadas numa noite agradável. Afinal, era para isso que serviam o dinheiro e a amizade.

Embaixo de seu carrinho de coleta, um homem e seu cachorro caíam no sono sob o céu estrelado. Um aquecendo o outro. Afinal, era para isso que servia a amizade.

AGRIDOCE
Alessandra Fróes Vega

Faltavam aproximadamente três dias para o meu casamento e, naquela noite, eu e minha avó nos reencontramos. Eu mostrava a ela, toda entusiasmada, minhas unhas recém-pintadas, feitas especialmente para o grande dia. Ela acariciava minhas mãos e dizia que as unhas estavam lindas, nós rimos sobre algumas coisas e senti o peito arder de dor e felicidade. Em uma fração de segundo, minha avó já não estava mais lá, o cenário já era outro e o caos me tomou por inteiro, me agonizando e torturando dentro da minha prisão particular.

Recentemente, a noite caiu mais uma vez e, com ela, minha insônia se fez presente. Veja, minha dificuldade latente para adormecer nunca foi uma questão de falta de sono, pelo contrário, assim como muito em mim, tenho sono em excesso, mas acabamos por brigar todas as noites. Por mais aconchegante que minha cama seja, eu e o sono discutimos deitados sob os lençóis do meu lado de dentro, aquele que não importa o quanto eu tente ou me ajeite, vire para esquerda ou pegue mais travesseiros, durante a noite, parece um verdadeiro roseiral de espinhos. Talvez seja por isso que, quando finalmente perco a briga, o sono me faz prisioneira, e é nesse simples adormecer que meus pesadelos começam.

Minha mente cria horrores dos piores tipos, eu corro pela floresta, despenco pelo precipício, mas de repente, em algumas raras vezes, eu e minha avó acabamos nos reencontrando. Minha avó materna e meus dois avôs também. Certa vez, caminhei pela chácara da minha família e avistei meus avós conversando e rindo, eles estavam em paz. Me aproximei e dei um abraço apertado em cada um deles. Pela manhã, acordei sorrindo, meu corpo parecia ainda ter o calor daquele abraço, um abraço de reencontro, do tipo que dá fim à saudade e nos faz chorar de felicidade.

Já me disseram que existem ótimos remédios para inibir os sonhos e consequentemente os pesadelos. Cogitei experimentar, confesso, mas a ideia foi por mim logo descartada. Ainda que meu travesseiro seja lembrete de saudade e meus sonhos quase sempre acabem em pesadelos, eu escolho ser corajosa e pagar esse preço. Nenhuma agonia é horrível o bastante para me fazer fugir dos meus doces reencontros.

Por fim, minhas noites são agridoces e tudo bem, a vida também é. E, cedo ou tarde, feliz ou infelizmente, o dia amanhece e a gente se despede, até o próximo cair da noite, nessa briga constante que desejo tanto poder perder.

A NOITE É DE QUEM AMA
Betânia Martins

Sabe quando tudo se acalma, quando os sons ao redor cessam e o mundo parece se aquietar? É quando chega a noite. Para mim, tudo escurece. Temos a fraca luz da lua, cor de prata, no azul profundo. E nesse espaço de tempo escuro, procuro sentar-me, sozinha, o olhar perdido no céu. Esperando encontrar algo que se mova, algo que brilhe. Algo que me mostre que não estou, assim, tão sozinha.

Também aprecio respirar o ar da noite. Seja diante do mar ou no meu jardim, com as flores que desabrocham ao anoitecer. Porque as luzes, os sons e os perfumes da noite acariciam meus sentidos, me provocam lembranças, me aquietam e me inspiram.

Escolho a noite como o meu melhor momento. Porque é nela que me encontro. Quando o mundo ao meu redor está calmo. É quando escrevo meus poemas de amor. O amor que me faz ficar acordada, me ajuda depois a dormir e sonhar.

Nos meus poemas, eu poderia falar da lua, como falam os poetas. A lua está sempre lá, distante e fria, nos envolvendo com sua luz prateada. Por ser bela e inalcançável, motiva e inspira os amantes, e convida os estudiosos a desvendar os seus mistérios. Então, fico apenas a contemplá-la.

Poderia também falar do mar, como falam os poetas. O mar está sempre ali, acessível e frio, nos fascinando com sua cor profunda. Mas, à noite, o mar esconde mistérios e torna-se ameaçador para quem apenas ama. Então, fecho os olhos e fico somente a escutá-lo.

Ainda poderia falar de flores, como falam os poetas. As flores estão por aí, efêmeras e belas, nos encantando com seus perfumes e cores. Mas, à noite, elas também se recolhem. Timidamente, escondem suas cores. Cabe a mim, então, fechar os olhos e apenas sentir seu perfume.

Sendo assim, continuo a falar do amor e falo como poeta.

Pois o amor está sempre aqui, como a lua, me envolvendo com sua luz quente e terna. O amor está bem ali, como o mar, me provocando alguma dor profunda.

O amor está por aí, como as flores, me encantando com as incertezas da espera. O amor está em mim, dentro e fora de mim. Seja nos meus sonhos, no dia ou nas noites. Por isso eu sou poeta.

ANTOLÓGICA
Carol Loborba

Não lembrava quando exatamente começou aquele ritual. Sempre se sentiu mais viva à noite, e depois que ele se foi daquela forma tão repentina, deixando-a sozinha naquela noite, aguardando para sempre seu retorno, ficou meses evitando olhá-la. A lua, aquele astro mágico que costumavam passar horas admirando, sobretudo quando cheia, havia se tornado tudo o que ela queria esquecer. Aquela que passou a ser a noite sem retorno, a noite do nunca mais, da notícia terrível, do adeus nunca dado.

Mas uma noite, ao voltar para casa, foi impossível continuar ignorando sua presença. Tão próxima e amarelada, como se de propósito quisesse recordá-la das noites antes da partida, como se quisesse recordá-la de si mesma. E então tomou uma decisão: a partir daquela noite todos os meses teria um novo ritual. Seria seu encontro com a Lua, não importaria o que acontecesse, seria sua celebração da vida, seu reencontro consigo mesma, seu resgate.

Tomava um banho refrescante, atenta a cada fragrância, se perfumava e se arrumava com um vestido leve, e então se entregava às noites como fazia antes. Abria uma garrafa de vinho, colocava sua playlist preferida na sacada de sua casa, tendo apenas a Lua e as estrelas como testemunhas, às vezes uma coruja, e contava sobre seus dias, seus planos e as novidades. A cada gole se soltava mais, e lia um trecho de um livro, ou recitava Ismália, seu poema preferido. Ria e dava pulinhos de empolgação, cantava e brindava consigo mesma.

E, de repente, saltava de sua cadeira e rodopiava conforme a música. Dançava pra ela e com ela. Se apaixonava! Fazia todos os passos reais e inventados dos mais diversos estilos de dança, mas sempre finalizava com música clássica. Flutuava a cada passo, girava e erguia os braços extasiada!

E se lembrava dele, e se lembrava de quem era ela com ele e antes disso. E voltava a ser aquela menina. E sonhava. E se sentia amada novamente. E não havia mais aquela mesma tristeza.

E então a Lua ia se distanciando, e o céu clareando. Ela se estirava novamente em sua cadeira, e tomava o último gole de sua taça. Era uma nostalgia diferente, como se vivesse dentro de um poema. Conseguia dizer "boa noite" para quem era com ele e antes, fazer sua despedida. Sabia que agora teria forças para o que a vida lhe reservava e se entregar a quem ela era agora. Aguardando o próximo encontro.

Adormecia assim. Preenchida com lembranças e encantada com o presente. Se redescobrindo a cada fase da Lua.

ALGUNS MINUTOS ANTES DO PARAÍSO

Claudia R. Noval

O som de passos no asfalto acompanha Marina no caminho para casa. A lua branca vela por ela lá de cima, calma e serena em seu colchão de nuvens. A cidade barulhenta e borbulhante aproxima-se e afasta-se, à medida que ela passa por sombras e formas. É o último dia da semana. Para ela, pode ser o último dia do mês, o último dia do século, o último dia do universo.

A jornada foi longa e cansativa, com horas extras rastejando por baixo da porta e se transformando em tarefas e prazos de última hora. Mas a noite chegou, inexorável e imutável. Escura e fria, ao mesmo tempoe misteriosa e reconfortante, como uma benfeitora doando horas de sono.

Mais alguns minutos caminhando pelas ruas íngremes de Santa Teresa e Marina chegará em casa. Com sua porta amarela e seu pequeno jardim quase escondido entre as grades. A brisa arrasta os barulhos das boates e dos botecos da Lapa, como predecessores de uma tormenta. Um giro na próxima curva mostra o caminho percorrido, e como uma amiga traidora, uma lâmpada de rua ilumina uma figura solitária seguindo seus passos.

Marina segue em frente, a respiração acelerada impedindo-a de aumentar o ritmo. Talvez seja outro transeunte que, como ela, trabalha até tarde e chega cansado em casa. Ou talvez seja um visitante perdido que busca refúgio no sossego das calçadas. Talvez você não seja nada. Talvez você não seja ninguém. Ou talvez seja tudo. A lentidão quase calculada com que suas pernas se movem sobre as folhas secas. Seus movimentos silenciosos na solidão da noite.

Quinze, quatorze, treze... é o número de passos que faltam para Marina chegar ao seu portão. Com cuidado, ela tira as chaves da bolsa, lembrando-se de que também pode usá-las para se defender, se necessário. Quatro, três, dois...

Colocar a chave na fechadura, abrir a porta, entrar e fechar de novo demorou menos de 5 segundos. Mas Marina sente que passou metade da vida. Ela respira fundo na segurança de seu jardim enquanto os passos do homem se afastam, obtusos da tempestade de medos e incertezas que despertaram.

Mais tarde, Marina vai rir de seus pensamentos paranoicos, enquanto toma um chá com canela quente, e suspira por mais um dia. Em seu pequeno paraíso, Marina pensará em todas as outras mulheres menos afortunadas que não conseguiram chegar em casa. Aquelas que aparecem nas notícias ou nos jornais amassados. Mas agora, Marina se senta na grama, olha as estrelas e pede para viver mais centenas de noites. Ela fecha os olhos e sonha mais uma vez na segurança de seu lar.

A BORBOLETA PRETA
Cleobery Braga

Durante anos de plantão de Pronto Socorro, testemunhou situações constrangedoras ou hilariantes. No entanto, na maioria das vezes teve que lidar com ocorrências tristes; era rotineiro atender pacientes em estado grave. Muitos morreram nas suas mãos, enquanto tentava salvar suas vidas. Não frequente, quando deitado, iniciando o sono, ou às vezes já dormindo, tinha a sensação de que uma mão passava suavemente pelo seu rosto, acariciando, e sentia um cheiro agradável de perfume que não identificava, mas lembrava o aroma de rosas.

Um dia, chegou em casa cansado, depois de uma noite de trabalho com diversos atendimentos. Após tomar banho e comer alguma coisa, deitou e logo dormiu, o que era raro, pois tinha dificuldade para dormir devido a tantos anos de noites de plantão. Já dormindo, sentiu uma mão passando pelo seu rosto e o cheiro forte de perfume. Acendeu o interruptor da luz e pulou da cama para ir ao banheiro, quando se deparou na sua frente com uma borboleta preta, bem grande. Assustado, abriu a janela e tentou expulsá-la do quarto. Ficou intrigado com aquilo e foi pesquisar o que significava borboleta preta. Encontrou algo que o assustou ainda mais:

a borboleta pertence à ordem dos lepidópteros... as coloridas podem levar e trazer a felicidade, enquanto as borboletas pretas, quando entram nas casas, podem significar a morte de alguém que ali reside. O episódio deixou-o assombrado. Contudo, nada de mais aconteceu, não houve morte na família, ele mesmo não morreu. A borboleta preta apareceu só para lhe perturbar o sono.

Meses depois, ele estava em um hospital religioso, administrado por freiras, quando na madrugada, tentando repousar, foi chamado pela Irmã Claudia para fazer um parto porque o obstetra não fora localizado e a parturiente estava com muitas contrações e dor. Ele nunca tinha feito um parto, era treinado para socorrer acidentados. Lembrava de alguns procedimentos das aulas de Obstetrícia e mandou colocar a paciente na sala de parto. Sem demonstrar dúvida, preparou os campos cirúrgicos e fez uma episiotomia, corte feito na região muscular que durante o parto normal aumenta o canal vaginal para dar passagem, sem trauma, à cabeça do feto. Realizou o parto com sucesso e se sentiu orgulhoso por ter ajudado alguém que necessitava de auxílio, emocionado por ajudar a trazer um ser humano para a vida.

UMA NOITE DE UM SÁBADO QUALQUER I

Cristiano Casagrande

O som da cerveja descendo da lata e preenchendo o copo fluía como música. Uma música agradável e refrescante. Dei uma golada maravilhosa e olhei as horas pelo celular. Meia-noite. Um sábado. Estava na casa de uma amiga bebendo com ela e mais uma garota quando decidi ir embora. Convidei-as para fecharmos a noite em um bar, mas não se animaram. A garota do apartamento me acompanhou até o hall do prédio, e lá nos despedimos com um doce beijo.

A rua estava deserta, exceto por dois botecos prestes a fechar, onde ainda se ouviam os ruídos das conversas dos clientes. Caminhei mais um pouco e desci a primeira rua à direita em direção a um bar movimentado que sabia que estaria aberto.

A lua cheia me acompanhava enquanto ouvia sons intensos e vibrantes — vozes e risadas misturadas ao ronco dos carros, ao tilintar das garrafas de cerveja e a uma miscelânea de músicas dos bares abertos até tarde.

Finalmente, cheguei ao meu bar favorito, onde ecoava um rock dos anos 70. Muitas pessoas bebiam cerveja em pé na calçada, conversando, e dentro do bar também faziam o mesmo. Pedi uma Heineken gelada e voltei para a calçada movimentada.

Costumo encontrar alguém conhecido ali, mas, dessa vez, além do dono do bar, não reconheci ninguém. Troquei algumas palavras com ele, que reclamou que eu estava sumido, e então foquei nas pessoas conversando na calçada, aproveitando meu momento.

Avistei uma garota conhecida e acenei para ela, que retribuiu. Continuei ali, entre goles. Quando olhei novamente para a garota, ela já tinha ido embora. Então, peguei mais uma cerveja. Observava as pessoas conversando e bebendo, começando a reparar detalhes que antes não notava. Pensamentos distorcidos surgiam. Via como as garotas eram lindas, jovens e sorridentes. Todos os homens pareciam atrair sua atenção, confiantes e jovens, sabendo conversar melhor do que eu. Sentia como se todos fossem mais espertos e superiores.

De repente, comecei a pensar que não deveria estar ali, me sentindo o ser humano mais insignificante no bar e na calçada. Sentia-me desprezível, inferior, completamente deslocado. Toda autoconfiança que eu tinha desapareceu por completo. Todos eram mais jovens ou bonitos, pareciam saber algo que eu não sabia. Parecia que algo estava faltando em mim, algo estava errado, muito errado.

Então, comecei a lembrar de todos os meus insucessos amorosos, recordando apenas o que deu errado. Parecia que tudo na minha vida tinha dado errado até então. Mesmo que não fosse verdade, era assim que me sentia naquele momento: inferior a todos ali, sem atrativos, como se tivesse ficado invisível de repente. Sentia-me velho e deslocado, velho demais para estar entre aquelas garotas jovens e lindas. Lembrava de como meus vinte e poucos anos tinham passado tão rápido.

UMA NOITE DE UM SÁBADO QUALQUER II

Cristiano Casagrande

Entrei no bar e me sentei sozinho em uma mesa de madeira. O bar tinha uma decoração bastante rústica, detalhes de madeira nas paredes, peças que remetiam a uma taverna medieval. A iluminação era tênue e criava um clima aconchegante, lembrando um pub europeu. Pedi mais uma Heineken. Então me recordei de um amor do passado, a última vez em que havia amado de verdade uma mulher, e comecei a me lembrar apenas dos relacionamentos fracassados e superficiais que tivera desde então. Não parava de pensar que, nas poucas vezes nos últimos anos em que comecei a me apaixonar de verdade por alguém, simplesmente não fui correspondido. Simplesmente triste e melancólico assim. Era como se eu sempre me interessasse pela pessoa errada. Eu sentia como se fosse rejeitado por todo mundo.

Um ar frio entrava pela porta e criava um ambiente perfeito para aquele momento solitário e depressivo. A cerveja gelada descia a cada golada deixando meu coração frio como uma pedra de gelo, intransponível, duro e vazio. E me lembrei de novo que nunca mais tinha amado ninguém de verdade. Nunca mais.

Olhei de novo ao redor e vi as garotas jovens e lindas no bar. Seus sorrisos eram encantadores, elas tinham um brilho nos olhos, na pele, nos cabelos, nos seus corpos sensuais. Elas irradiavam alegria e prazer. Eu definitivamente parecia não me encaixar ali.

Subitamente, no entanto, apesar daquela "bad" insana que tinha possuído minha mente, tudo pareceu perfeito. A música, o *rock and roll*, a cerveja gelada, a decoração do bar, a mesa de madeira, a cadeira, o ambiente, tudo, tudo era sublime, e um improvável ar de felicidade inundou-me a alma, num momento catártico, dissolvendo todos os pensamentos negativos que segundos antes ainda se apossavam do meu ser. Eu estava vivo, perfeitamente saudável, solteiro, livre, bebendo uma cerveja maravilhosa e ouvindo Led Zeppelin.

INSÔNIA
Daniela Onnis

A noite está escura e silenciosa. Não consigo ouvir nada a não ser a voz do vento que passa apressado. Fico me perguntando o que terá acontecido aos cães que costumam aparecer por aqui durante a madrugada e tanto incomodam os outros moradores do condomínio. Sinto falta da algazarra que fazem, dos latidos graves e dos uivos que, de tão agudos, atravessam os vidros da varanda do meu apartamento. É inútil tentar dormir com toda essa paz. Levanto-me novamente, consulto as horas no relógio e vou até a janela do meu quarto sem acender o abajur. O cansaço é grande, mas meus olhos não querem se fechar. Resisto à tentação de fumar mais um cigarro.

Na esquina da rua mal iluminada e deserta, um movimento mínimo chama a minha atenção. Inclino o corpo para ver melhor e percebo uma figura revirando o lixo calmamente, como se escolhesse do que se servir num restaurante. É um homem. Não dá para saber se é jovem ou velho, apenas que tem braços e pernas muito finos. Depois de muito examinar, parece ter encontrado alguma coisa que o interessa no meio da imundície. É um lençol rasgado que me lembro de ter visto o vizinho jogar fora no dia anterior. O mendigo estira o pedaço de pano no chão sujo e se deita com a cabeça por cima do braço, adormecendo imediatamente. Como é que ele consegue? Eu faço uso de calmantes e não durmo há quase uma semana.

Enquanto mastigo a inveja daquele sono fácil, um carro dobra a esquina e estaciona bem em frente à lata de lixo. Como num filme mudo, não há ruído de freios nem de portas se abrindo. Quatro rapazes visivelmente embriagados saem de dentro do automóvel com garrafas de um tipo qualquer de bebida e um galão. Um quinto indivíduo permanece ao volante e mantém o motor ligado. Uma onda de tensão toma conta de mim, da cabeça aos pés. Eu sei o que eles pretendem fazer, é claro que sei, mas não quero acreditar e tenho medo de tentar impedir. É tudo muito rápido. Por trás da cortina da minha janela, observo o homem deitado na calçada acordar em chamas e os bêbados fugirem pela contramão. Aqueles gritos de terror são o único som dessa noite.

A VIAJANTE DESCONHECIDA
Denise Marinho

Anoitece, e quero paz na minha viagem. Comprei passagem num ônibus confortável com música ambiente, água gelada e café quentinho. Deixo o celular desligado para aproveitar minha deliciosa viagem, relaxo. Escolhi o lugar no fim do corredor para não incomodar ninguém. Ali posso dormir, esticar as pernas e observar tudo que ocorre. Tenho um perfil envolto em curiosidade, um pouco Sherlock Holmes, com traços de Agatha Christie. Imagino que será uma viagem tranquila. O pensamento, na verdade, dura apenas três minutos. E do nada tudo muda, ouço um burburinho. Coloco meus óculos, estico o pescoço, observo. Uma passageira fura a fila de embarque, entra correndo no ônibus e senta em lugar incorreto, esbaforida. Em seguida, o motorista entra um pouco nervoso, conferindo o bilhete de embarque de todos, inclusive o da agitada. Assisto à cena, curiosa. Ela fala ofegante e emocionada que gostaria de se sentar na janela para ver a lua e as estrelas, sem impedimento. Gesticula exageradamente, explicando que precisa viajar na janela. Inicia um falatório no ônibus, a viagem está atrasada, e a decidida não aceita mudar de lugar, pois perdeu o bilhete e não se lembra do seu assento de origem.

Já se passaram vinte minutos, e nada mudou. Resolvi olhar pela janela e por instantes esqueço a bagunça. Emoção me enternece. A lua está gigante, as estrelas prateadas cintilam e, de certa forma, entendo tudo, me solidarizando com a desconhecida. Acredito que como ela muitos gostam de sentar-se à janela e lembrar-se das recordações de infância, baile de debutantes, promessas de amor tendo a lua como testemunha, e contagem das estrelas em praias desertas naquelas férias inesquecíveis junto a amores intensos que eternizados duram uma quinzena. Será que a passageira misteriosa e desbaratada quer apenas observar os carros ou simplesmente divagar na imaginação? Que dilema eu vivo. Ela olha o livro, o céu, parece mexer na bolsa e agora tranquila e sorridente conversa em tom um pouco mais alto. Observo atentamente a cena, parece ter um outro livro nas mãos. Não aguento mais e, curiosa, me levanto fingindo mexer na mochila para ouvir melhor a conversa. Agora já é demais, me surpreendo quando todos a aplaudem, pois se trata de uma escritora que vai lançar um livro de crônicas sobre o luar e quer observar o anoitecer em vários lugares do país. Minha silenciosa viagem se tornou palco de uma simpática viajante-palestrante e, a então ex-anônima, agora é aplaudida efusivamente. Que viagem surpreendente. Talvez um dia me torne escritora, e da próxima vez sente à janela com meu bilhete no bolso guardado.

NOITE ESPECIAL

Denise Marinho

Quero falar da noite. Tem sido minha amiga por longas datas. Nunca gostei de acordar cedo, quero acordar com o sol a pino, dia sorrindo lindo para mim e céu azul bonito, sem nenhuma nuvem, pois dormi tarde escrevendo música, produzindo textos, então quero acordar com tudo pronto. Sem nuvens no céu de anil, com todos de café tomado e pão fresquinho na mesa. Gosto de dormir tarde. Durante a noite é o período que relaxo, e em seu silêncio escrevo. São textos em que conto os relatos de minha vida, ou crio histórias. À noite é o período que estamos mais sensíveis, e confessamos segredos. À noite temos as melhores festas, brilho, iluminação, além de noivados e muitos casamentos com lindas produções, alguns têm até fogos e rojões. Não desconsidero o dia. Amo o dia com o sol lá no alto e o calor a me abraçar, há momentos que pareço derreter. Rio de Janeiro, 50 graus positivos, sol, praia e mar. Mas, à noite, hum... nossa linda noite, é a ela que sussurro meus sonhos, algumas vezes até falo em voz alta. Com caneta e papel mergulho em sua segurança, pois poucos observam ricos detalhes pela madrugada, pois a interferência e distração são mínimas. Tudo aconteceu ao anoitecer, sim, o primeiro beijo, bem debaixo da árvore, não tão bonita e frondosa, uma árvore totalmente comum que foi testemunha do enlace de um casal de jovens sonhadores, em seu primeiro encontro, após longas conversas por telefone. Eles não imaginavam que havia vizinhos curiosos atrás das cortinas, fuxiqueiros. Sempre tem alguém observando quando um casal passa de mãos dadas e se entreolham, apaixonados. Andar lento, corações pulsantes e um absurdo de estrelas no céu sorrindo para os enamorados. Eles riem de tudo, até do silêncio que parece longo e constrangedor, mas estão ali dispostos a se conhecer um pouco mais. Sentam-se no banco da praça, e suspirando contemplam um casal de idosos, suas mentes já fazem planos de chegar à maturidade se amando. Registram as iniciais de seus nomes no banco. O lago reluz, registram fotos dessa noite especial, porém um minuto depois o celular cai no lago. Ninguém merece viver isso num primeiro encontro. Não desistem. Pretendem voltar ali uma vez por mês para celebrar mais um tempo de amor e fazerem sempre a mesma caminhada. Querem ser aquele casal que faz juras de amor e usa anel de compromisso, tendo a lua e o céu como testemunhas de seu amor eterno, e as iniciais de seus nomes no banco da praça. Seu desejo? Não retirem o banco da praça, e não cortem sua árvore. Mal sabem eles que quase todas as árvores e bancos de praça têm inúmeros donos apaixonados, e a lua é de todos. E eu, a vizinha, anotei tudo no meu caderno, não perderia essa história de jeito nenhum.

EU E DEUS, A NOITE E O SILÊNCIO

Estela Maria de Oliveira

    Minha caminhada já dura mais de oito horas, já não sinto mais os meus pés e o ar gelado do mês de junho começou a ferir a minha pele. A noite está sendo minha companheira, quando a fraqueza teima em me vencer, eu olho para a majestade da Lua e sigo em frente. Soberba, ela clareia o meu caminho. Solitário, eu deixo-me guiar, sob minha condição de minúsculo ser diante do Universo. Quanto mais frio eu sinto, mais minha força de vontade me faz pisar com força no chão batido da trilha rural, para vencer a distância entre mim e meu objetivo.

    O meu coração está agradecido por estar vivo e cumprindo a promessa feita há anos: visitar a Senhora Aparecida, Mãe Protetora que me devolveu a vida num acidente horroroso. Meu caminhão e eu rolamos serra abaixo numa curva. Eu já enxergava as luzes da cidade de Piquete, onde pretendia encostar no posto de abastecimento e dormir, mas o sono foi traiçoeiro. O barulho da queda e do caminhão arrastando árvores foi substituído pelo silêncio e o ruído de pequenos insetos. Vez ou outra, eu escutava o som do motor de um automóvel que passava rapidamente acima de nós. Entre as ferragens, eu enxergava a Lua crescente no céu. E foi nela que eu concentrei a minha fé e força, pedindo a proteção da Mãe querida, até ser localizado no dia seguinte.

Como romeiro, faço o percurso sozinho, acompanhado apenas das duas grandezas que estiveram comigo na última viagem como motorista de carreta: a Lua e Nossa Senhora Aparecida. Hoje, a caminhada é de agradecimento. Em casa, esposa e filhos torcem para que eu vença mais uma vez o trajeto, já conhecido pelos nove anos percorridos. Ainda era dia quando deixei a rodovia 459 e enveredei na mata da Serra da Mantiqueira. Vou contando as placas de sinalização para os romeiros e desfiando o rosário que trago em mãos.

Devo caminhar mais uma hora, minha parada vai ser bem no fim da descida, bem perto do Vale e do Rio Paraíba. Já passa das onze da noite. Evito ficar olhando no relógio; controlo o tempo pelas minhas forças e determinação em vencer. Ao mesmo tempo que o inverno judia do meu rosto e pés, meu corpo guarda a reserva de calor pelo exercício físico. Nesses anos todos, não tive sequer um contratempo nesta peregrinação e não será nesta última que terei. Firmando a vista, por entre a folhagem das árvores avisto o clarão de luzes, que deve ser das cidades de Lorena e de Guaratinguetá. Caminho por mais uma hora. Aprendi a ser amigo da noite.

Me protejo da madrugada embaixo de uma guarita dentro de uma cercania feita para cavalos. Eu e Deus, a noite e o silêncio. Me alimento do último lanche guardado para este momento. Tomo os últimos goles do Bacardi do corote para aquecer o corpo parado, me protejo no cobertor que trago na rodilha da mochila. E assim, começo a me despedir dessa experiência de romeiro. Olho para a Lua, ela olha para mim e confirma que sou um vencedor. Nunca estive sozinho e não estou neste momento. Há alguém fazendo preces por mim e, lá embaixo, quando o dia raiar, a minha Mãe Aparecida estará de braços abertos à minha espera.

A NOITE
Farlley Derze

Quando eu era criança, dormia no mesmo quarto da minha avó. Na hora de dormir, ela acendia uma vela no altar que ela mesma fizera sobre uma cômoda. Tinha a Santa Luzia, o São Judas Tadeu, o Menino Jesus de Praga e a Santa Maria. Após acender a vela, ela ia lentamente até a cama, sentava-se, fazia o sinal da cruz e deitava-se. Então, pedia-me para cobri-la com o cobertor. Tinha que ser a partir dos ombros até dar uma volta embaixo dos seus calcanhares. Depois disso, era para eu apagar a luz.

Certa noite, com a luz apagada, sentei-me na beira da sua cama. Perguntei-lhe por que a lua desaparecia de vez em quando. Ela me contou que a lua era um ovo.

— Na verdade — disse com as sobrancelhas erguidas, esticando os olhos para mim na penumbra da vela. — A escuridão da noite é causada pelas enormes asas de uma ave. — Fez uma pausa, arrumou o cobertor embaixo do queixo e continuou: — Na verdade, nós, os seres humanos, somos a palha do ninho onde essa grande ave coloca seu ovo a cada 28 dias. Já que somos a palha e temos olhos, conseguimos ver o ovo quando nasce.

Ela pediu para eu ajeitar a coluna, porque eu estava sentado torto. Eu me ajeitei, e ela continuou:

— Quando a ave levanta voo, suas enormes asas descobrem o ninho e uma claridade toma conta de tudo. Horas mais tarde a penumbra se aproxima novamente. É o retorno da ave com suas asas gigantes vindo pousar no ninho. Tudo escurece ao redor. Durante uma semana o ovo começa a sair. A gente assiste a este nascimento e o ovo ganha o nome de lua nova. Noutra semana o ovo está inteiro. Dias depois começa a murchar. Então desaparece. No mês seguinte a ave deposita outro ovo, e sempre foi assim, desde que o mundo é mundo.

Perguntei à minha avó por que o ovo murchava. Ela disse que a natureza tem todas essas respostas, mas os humanos não. Olhei com o canto dos olhos para a vela acesa brilhando no altar.

— E as estrelas, vó?

— As estrelas são os nossos olhos que brilham embaixo da asa.

— E o sol?

— O sol é uma fogueira. Seu brilho faz aquela claridade quando a ave levanta voo. Aí nossos olhos ficam ofuscados.

— E aonde a ave vai quando levanta voo daqui?

— Ela vai pousar no outro lado do planeta.

A LUA E NÓS
Félix Barros

Era noite de lua cheia. Uma noite especial. Uma lua especial.

O céu estrelado como nunca. As estrelas brincando de esconde-esconde com as poucas nuvens da paisagem. O tempo em suspenso ao contemplar os astros.

A brisa da noite nos convidou a sentar na areia. A luz da lua refletia nas águas, formando um tapete cintilante. Tapete mágico, contemplado por nós.

Eu e minha esposa, abraçados na areia, abraçávamos aquela paisagem. Os olhos atentos, pupilas dilatadas e extasiadas. Sentindo a maresia. Ouvindo aquela música tão particular do movimento das ondas, nós seguíamos dançando com elas. A melodia nos envolvia num misto de relaxamento e enlevo.

Parecíamos descansar numa rede imaginária. As idas e vindas das ondas nos embalavam. A claridade, quase tão intensa quanto a do sol, pintava a tela de detalhes. Feliz de quem assinasse aquela obra. Porque nos fazia felizes.

Por fim, o cansaço nos envolveu. Uma pena, pois queríamos aproveitar ao máximo o momento. As pálpebras pesavam. Chegava a hora de dar adeus à tela de cinema. A madrugada começava tranquila, mas teimava em fechar nossos olhos.

Retornamos ao quarto da pousada. Os meninos ressonavam na cama. Agarramos aqueles pedaços de fofura e nos cobrimos. Entre beijos e cafunés, nossos olhos finalmente se fecharam. Não pensávamos que a vida passaria tão depressa e que esses momentos fossem tão singulares.

Em poucos minutos, sonhávamos com crianças, ondas, estrelas e uma grande lua amanhecendo nossa noite.

O SONHO DO GUARDA-NOTURNO

FerBarth

Quando pequeno, eu era obrigado a lavar os pés antes de colocar o meu pijama listrado azul e branco. Às dez em ponto deveria estar na cama, com ou sem sono. Desde aquela época, a noite sempre foi um palco perfeito para meus pensamentos. Era quando minha imaginação viajava para outros mundos.

No escuro, com os olhos abertos, eu podia sonhar coisas fantásticas, como aquela recorrente de um dia ser o guarda-noturno da nossa rua.

Com um apito estrilante eu espantaria os meliantes e impediria que facilmente dormissem aqueles que me forçavam a ir precocemente para a cama, vestido como um recluso.

Minha vó Candinha me levava então pela mão ao banheiro para que eu urinasse. Por alguns anos, sonhei feliz que fazia xixi na grama e acordava de madrugada na cama, com frio, todo molhado.

Depois ela me acompanhava pelo corredor até o quarto e me colocava com carinho na cama.

Deitado, porém, a minha cabeça fervilhava com tantas questões emergenciais:

— Vó, quando eu crescer quero ser guarda-noturno. Amanhã bem que a senhora podia comprar um apito igual àquele do seu João!?

Para me acalmar e encerrar logo a conversa, ela me disse:
— Bem, amanhã de manhã, antes que ele encerre seu turno, eu me informo. Agora, meu amor, feche os olhos e durma com os anjos.

Impossível, porque justo naquele momento o seu João soou na esquina o seu apito. Ele soprava aquilo como se fosse um instrumento musical. Começava baixinho, depois ia subindo de intensidade, fazia um estrilo floreado até parar em seu ápice. Seu João era um verdadeiro mestre no apito.

Eu não resisti, abri os olhos novamente e a indaguei mais uma vez:
— Vó, pergunta pra ele onde ele aprendeu a tocar o apito?

Ela parecia muito cansada e queria encerrar logo aquela conversa:
— Está bem, amanhã eu pergunto. Agora feche os olhos e sossegue. Reze um pai-nosso e duas ave-marias.

Eu fechei os olhos, mas não conseguia enxergar nenhum anjinho. O que me vinha era a imagem do seu João com seu quepe e uniforme azul-marinho. Eu tinha quase certeza de que aquela estrela de prata que ele levava no peito tinha sido uma recompensa por ter prendido algum bandido.

Então, eu me imaginava todo de azul com várias estrelas na lapela. Todos os ladrões do bairro temeriam o potente estrilo do meu apito.

Eu sonhava acordado com os olhos fechados, mas bem despertos, ao mesmo tempo em que minha vó, pé ante pé, tentava sair do quarto de fininho.

Quando ela estava na porta, subitamente a interrompi:
— Não esqueça de perguntar também onde ele comprou aquele quepe azul-marinho!

Minha vó fez de conta que não me ouviu e fechou a porta devagarinho.

Aquela seria mais uma longa noite para os meus sonhos mirabolantes, enquanto lá fora, de hora em hora, o seu João iria entonar o seu maravilhoso apito.

REFÚGIO SOMBRIO

Francis Lima

No silêncio noturno, dentro do meu quarto mergulhado na penumbra, encontro-me imerso em um estranho transe. Meus dedos trêmulos seguram um copo de água, enquanto meus olhos, pesados pelo sono, fixam-se na pequena pílula branca flutuando sobre um chá de camomila. É meu ritual noturno, o momento para ingerir os calmantes prescritos com a esperança de afastar os demônios interiores e encontrar o tão almejado alívio.

Sou um daqueles atormentados perambulando pelo mundo, com um olhar cansado. A vida me deixou em frangalhos, e o uso constante de medicamentos tranquilizantes parece ser minha salvação.

Nas primeiras noites, após ingerir a medicação, comecei a notar uma presença estranha. Um visitante excêntrico adentrava o meu quarto, trazendo consigo uma aura macabra. Vestia um terno impecável, uma cartola escura e um sorriso torto esculpido pela própria desgraça.

Tínhamos conversas longas e repletas de estranheza. Esse visitante falava de um universo paralelo onde pesadelos se fundiam à realidade. Eu, sob a influência dos calmantes, atribuía esses diálogos a meras alucinações, aos efeitos colaterais dos remédios.

No entanto, numa noite fatídica, em vez de engolir os comprimidos habituais, optei por uma dose de bebida forte, na esperança de afogar as angústias da minha mente. Uma atmosfera densa me envolveu, e, como um presságio sombrio, o visitante voltou a fazer sua aparição.

A conversa foi mais intensa. O visitante conhecia cada detalhe sobre o meu futuro trágico e cruel. Suas palavras sobre o meu destino penetravam minha mente, como se suas verdades fossem impiedosos punhais a perfurar minha alma.

Por sinal, comecei a ansiar cada vez mais pelas nossas conversas noturnas. O temor inicial cedeu espaço a uma estranha atração pelo desconhecido, uma dança perigosa entre minha sanidade e a escuridão se manifestava diante de mim. Me vi mergulhado em um abismo sombrio, mas em vez de lutar contra ele, eu me entregava de bom grado.

Meu destino estava selado, preso a uma espiral descendente de perdição. Enquanto a linha entre o real e o imaginário se desfazia, eu me tornara um prisioneiro voluntário da minha própria ruína, encontrando uma espécie de conforto na escuridão envolvente. As conversas noturnas se tornaram meu refúgio, meu escape da realidade sufocante. Afinal, às vezes o verdadeiro terror reside não nas criaturas assombrosas, mas na decadência de nossa própria alma.

AMOR DE MULUNGU
Gilberto Vitor

Esta história de amor meus avós mesmos me contaram. Aposto que você também ouviu dos seus uma história bonita assim. Foi numa noite dos fins de minha meninice, eu de férias na Chapada Diamantina onde eles maturavam suas velhices.

Imagine uma noite em que seus irmãos e primos brincam em correrias pelo terreiro, mas em você dá vontade de outro entretenimento mais rico de curiosidades e aprendizado, que é esse de conhecer mais de sua própria pessoa nas histórias das suas raízes. Imagine uma noite fresca de sertão, a lua toda faceira tingindo de prata a copa das árvores, os sons da roça coaxando testemunhos de vidas, e seus avós na frente da casa proseando em torno de uma fogueira. Pois tinha tudo isso, menos a fogueira; mas faz de conta, o melhor das histórias é a imaginação.

Meu avô começou a narrativa com aquela sua voz bonita, aposto que você também se lembra da voz do seu. Ele contou que, quando se apaixonou por minha avó, ela era noiva de um sujeito de quem não me lembro o nome, vamos chamá-lo de Bocó. Quando eu disser "Bocó", você já sabe. Era filho de dona Ambrosina; esse nome é fácil, lembra o doce de que eu mais gostava.

Acontece que o noivado era firme, e cadê que meu avô tinha coragem de declarar sua paixão? Meu biso fazia gosto naquele noivado e minha avó só tinha olhos para o Bocó. Um dia, deu uma enchente no Paraguaçu, era água levando árvores, levando boi morto, levando desespero. Meu biso morava mais acolá perto do rio. O aguaceiro surpreendeu todo mundo e ilhou a casa com minha avó e minha bisa. Meu biso tinha saído para levar o gado do outro lado do rio, como é que ele ia atravessar para salvar sua família? Do lado de cá, o Bocó com medo de se arriscar em salvar a noiva. É aqui que entra meu avô. Se o rio leva sua amada, leva seu coração, e quem vive sem coração? Aí ele improvisou um barco, pegou umas cordas, amarrou num pé de mulungu, e foi tal engenho que eu não sei explicar, só sei que ele foi e salvou as duas. O pé de mulungu está lá até hoje de testemunha.

No fim, vovô sorriu todo romântico:

— Ela era noiva somente pelo gosto do pai, mas naquele dia escolheu seu amor verdadeiro.

Mais tarde, minha avó me segredou:

— Eu estava era perdida de amores pelo meu noivo. Mas se o bocó não teve coragem de salvar a futura mãe de sua ninhada, como cuidaria dos filhos?

— Então você não escolheu seu amor verdadeiro, vovó?

— Escolhi, sim. O amor por seu avô foi crescendo verdadeiro e forte como um pé de mulungu.

O SILÊNCIO
QUE ME ENCANTA

Grazieli Cunha

Sozinha sentada no sofá, procurando uma série para assistir. Todos já em sono profundo, fecho as portas para não acordá-los, afinal, esse é o momento em que posso pensar em todos os sonhos não vividos, em todas as oportunidades que deixei passar e tentar me reencontrar.

Com controle na mão crio mil possibilidades, posso ser quem eu quero, sem dar satisfação ou explicação para ninguém, vivo em mundo paralelo. Sou feliz, aquele silêncio da noite me traz paz e tranquilidade, e descobri que adoro estar comigo mesma, me sinto livre. Uma liberdade tão intensa que não tenho palavras para descrever.

Naquele cantinho do sofá, sozinha, consigo sentir o verdadeiro sentido da vida, sentir como tudo é belo, sem pessoas para reclamar, para pedir que eu faça algo, ter que falar quando se quer ficar calada. Me sinto viva de verdade, solta das amarras do dia a dia, tenho a sensação de que sou forte o suficiente para construir minha casa na praia, deixar tudo para trás e ir.

Pego enfim assistindo a uma série, gosto de terror, investigativa, mergulho em cada episódio e a noite vai passando, faço uma xícara de chá e continuo o episódio. Para muitas pessoas a noite é feita para dormir, namorar, mas para mim ela é o momento para me apaixonar por mim mesma e ver o quanto já sofri e mereço ficar sentindo a leve brisa da noite passar, me embebedando daquele silêncio maravilhoso que tanto amo. Se cada um soubesse como é libertador sentir o poder que a noite tem de nos libertar das amarras cotidianas, todos tirariam um tempo para se reconectar, se reencontrar. Um brinde a cada dia superado e a cada noite vivida.

ENTRE LARVAS E BORBOLETAS

Guilherme Theos

No meio da madrugada, em horário de descanso, após uma janta duvidosa, encontro-me aqui, digerindo larvas. Sim, é isso mesmo, digerindo larvas! Gostaria que fosse apenas uma alegoria, um exagero ou uma linguagem poética. No entanto, não se trata de nada disso, estou falando literalmente. Pouco antes de sentar-me neste antigo banco branco, com várias marcas e envolto em sujeira, estava na fila do restaurante quando, de repente, a moça à minha frente, furiosa, exclamou: "Nossa, tem um tapuru no feijão" (tapuru, mais conhecido como larva). Descrente como sou, fui verificar, sem fazer muito esforço, pois a moça em questão estava bem na minha frente. E, de fato, era uma larva. Apesar dos funcionários do restaurante afirmarem que era apenas um pedaço de cebola, tanto eu quanto a moça que "pescou o turista" no feijão sabíamos o que presenciamos, e não só isso, também registramos em fotografias. O *zoom* da câmera não deixou qualquer dúvida. Agora que já foi esclarecido que digerir larva não é um simbolismo, e sim a mais pura e cruel verdade, voltemos ao meu querido banco.

Música, álcool, drogas e algazarra, parecia que eu estava numa balada, mas continuava no ambiente de trabalho. Por ter aversão a tudo isso que acabei de mencionar, restou-me fugir, olhar para cima, foi a melhor fuga! O céu não estava azul, obviamente o motivo poderia ser visto em qualquer relógio, que marcava 01h27 da madrugada. Por que o céu é escuro durante a noite? Essa pergunta surgiu em minha mente. Tão rapidamente quanto a pergunta, também me veio a resposta: porque precisamos enxergar a verdade! Todo o universo é escuro, talvez em alguns planetas o dia seja amarelo, laranja, rosa ou até mesmo colorido, mas a noite sempre será igual, não importa qual seja a lua, o céu à noite sempre será igual ao nosso. Como me aliviei, tudo ao meu redor deixou de ser real, a única coisa que era uma plena verdade era a noite!

Foi inspirador encarar a lua. Caos na terra e tranquilidade no céu, lá estava ela, cintilante e imponente. Dizem que o sol é mais belo do que a lua, mas discordo veementemente. A lua é como uma mulher, aparece no céu periodicamente, vestida com roupas diferentes. Pela primeira vez, agradeço por não ter conhecimento, pois ao desconhecer a astronomia e, consequentemente, as fases da lua, posso me surpreender sempre que ela surgir de forma diferente no céu. Suas fases são suas vestimentas, fazendo-me sentir apaixonado novamente, transformando as larvas em borboletas!

MEUS SONHOS NÃO DORMEM

Gustavo Tamagno Martins

Não sei dizer o por quê, mas sempre que penso em sonhos me remeto a balões de ar quente. Talvez seja porque os sonhos nos impulsionam a voar alto e nos concedem a sensação de liberdade para vivermos o que almejamos. Ou talvez seja também porque sempre os achei surreais de tão magníficos. Seja no festival de balonismo de Torres ou no céu da Capadócia. Aquela imagem deles sobrevoando me encanta. Só que tenho um dilema: o sonho de voar dentro de um balão de ar quente, mas com o agravante do medo de altura. Ah, os medos... eles adormecem muitos dos nossos sonhos. Tentam injetar soníferos nos nossos desejos. E muitos deles, frágeis por não alimentá-los com frequência, entram em coma profundo.

Por mais que meus temores tentem aparecer, volta e meia, para adormecer meus sonhos, eles resistem firmemente. Ainda bem! Eu diria que meus sonhos acordam cedo, mas, na verdade, ouso afirmar que eles sequer dormem. E muitas vezes, me fazem passar a noite em claro com eles. Além dos problemas — que todos temos — eles são os grandes responsáveis pela minha demora em pegar no sono. Durante as noites, tenho dificuldade para me desligar e descansar de fato. Deitado na cama, mesmo que o corpo esteja quieto, a cabeça está a mil por hora. Sonhando alto. Sonhando grande. E não há coisa melhor do que poder sonhar antes mesmo de dormir.

O que as pessoas seriam sem os sonhos? Um monte de máquinas de trabalhar. Meros escravos do tempo. Estrelas sem brilho. Balões de ar quente sem gás... Cultivar sonhos exige cuidados: é necessário plantá-los, regá-los e alimentá-los. Sonhar requer paciência para esperar o resultado e dedicação para seguir no processo mesmo quando ele for doloroso. Sonhar é uma forma de acreditar que terá sol no próximo amanhecer. Sonhar é ter fé que amanhã pode ser melhor. Sonhar é acordar-se para dentro, né, Mário Quintana?

Ainda era noite quando acordei. Abri bem os olhos e percebi que meus sonhos não dormem. Eles permanecem acordados. Bati um papo com eles. Recusaram um relaxante ou remédio para insônia. E então entendi que eles ficam acordados, em alerta, para que os medos — que podem aparecer na escuridão da noite em forma de fantasmas ou na vastidão do silêncio como traumas acumulados — não venham adormecê-los para sempre. Dormi de novo e despertei na melhor parte do sonho: quando levantei e pude realizá-lo. Que a gente não perca a vontade de sonhar só porque teve pesadelos. Não tem problema se meus sonhos não dormem. Eu sonho acordado.

MIMI TIME
Helena Klein

Dizer que o dia tem 24h é um equívoco dos grandes. Aquele que acredita nisso, asseguro ser de uma ingenuidade gritante. Percebo com toda segurança o descompasso das horas ao longo do dia. Tem horas infinitas e minutos muito longos. Passe uma noite sem dormir para perceber o quanto isso pode ser demorado. Agora, quando o dia acaba — e ele só termina com a louça lavada e as crianças na cama dormindo pesado — é que o mundo desacelera.

Então, aqui vai a sugestão: tome um bom banho. Não, não é aquele corrido, em que se lava o cabelo sem jeito, o condicionador mal age e o sabonete só vê as axilas e partes íntimas, evite pensar: vou lavar o que dá cheiro e a gravidade com a espuma que escorre pelo corpo fará o resto. Que atire o primeiro Phebo quem nunca fez isso em um momento de exaustão.

Esse banho deve ser perfumado. O xampu deve fazer muita espuma e o condicionador deve permanecer por dois minutos agindo, enquanto a água quente do banho vai soltando as tensões dos ombros. Lave o seu rosto com carinho, boline até atrás das orelhas e arestas, removendo tudo, afinal, essa é uma parte da gente que está sempre exposta.

Uma buchinha faz milagres pela pele, não tenha resistência e esfregue-se. Ensaboe-se para cobrir todo o corpo, começando pelo pescoço. Deixe a água do banho ser mais do que um processo higiênico, que ela lave fora o ranço do dia. Claro, asseie bem axilas e virilha, não esqueça de nada. Essas partes que ficam fechadas o dia inteiro precisam desse momento.

Após enxugar-se, invista em um creme hidratante nessa pele maravilhosa. Por favor, toque-se. É um excelente momento para amar o próprio corpo, que nem sempre é o que gostaríamos, mas é único. O rosto é um capítulo especial, afinal, é o nosso cartão de visitas. Um creme reparador noturno pode trazer milagres na manhã seguinte, acredite. O cabelo seco e escovado, com um óleo apropriado para hidratá-lo, tem um valor adicional.

Vista o seu pijama mais confortável, eu sei, muitas vezes gostaríamos de ser sexy como nos filmes que assistimos, mas aqui vale o mínimo esforço. Então, prepare sua xícara de chá, dando preferência para ervas que vão ajudar a relaxar. Apure os ouvidos na casa e escute: nada. Sente-se na sua poltrona favorita que dê para olhar a rua e o céu, perca-se na escuridão e nas luzes fracas da iluminação pública, percebendo o calor que emana entre suas mãos, sorva o líquido devagar. Sinta-se pequena, em solitude e desnecessária por uma fração de tempo.

A CARA
Hell Ravani

A coisa mais normal do mundo é ver um rosto onde não tem.

Pode ser uma coisa, um objeto, qualquer coisa.

Uma tomada, um poste, uma árvore ou nuvem (na praia quase sempre nuvem tem rosto).

A própria Lua tem uma cara, é só olhar para ela.

A Lua tem um rosto meio triste. Era mais feliz.

O horário mais comum de ver a cara, essa cara nas coisas, é de madrugada, quando a luz do mistério entra furando as paredes.

Dentro do casulo, as quase borboletas dormem com colares de diamante. Ninguém sabe porque não tem câmera lá dentro, mas elas cansam de dormir quando param de sonhar, então ficam fazendo colares. Daí é isso assim, quando do nada você vê uma cara, um rostinho naquela coisa que antes era só coisa, aquilo se transforma. Fica no meio do caminho, nem é coisa, nem gente, nem borboleta. E nunca mais você desvê.

Olha que nem sempre é uma cara bonita, pode ser meio tronchinha. Uma carinha de joelho murcho. E são essas feinhas que mais pegam na gente.

O cientista que estuda várias coisas complicadas diz que é PAREIDOLIA o nome disso.

PAREIDOLIA: é essa coisa de ver rosto onde não tem.

Essa coisa de olhar para a Lua e imaginar que ela tá triste.

Não é nem um privilégio só nosso, digamos. Dizem que macaco também enxerga rostinho nas coisas que não têm rostinho. Quem diz isso? Os cientistas, claro. Mas eu, que sou cearense e não cientista, acredito. Imagina que coisa bonita, um macaco-prego encontrar uma tomada e ver nela o maior amor de sua vida, simplesmente por estar escuro. É possível que esse engano leve o macaco a querer reencontrar a tomada. Quem sabe esse bicho ia tentar impressionar a tomada. Ia querer convencer, do tipo "ah, não sou sóóó um macaco-prego". Ia dizer que é cheiroso, trabalhador, legal demais, daqueles que dá cerveja pro garçom escondido. Ia mentir que tem 50 mil bananas na conta com sotaque estrangeiro e quer morar junto o mais rápido possível, para ter um macaquinho daqui a dois anos.

A tomada não sabe que existe e nada entende. Uma bela hora, de manhã, o macaco-prego vai e enxerga a realidade "pera aí, você era só uma tomada?". A tomada finalmente toma consciência, sabe que o amor morreu e não crê que só gostou dele na hora de ir embora. Sendo que a tomada nem tinha decidido se era mono ou bivolt. Qual é o nome disso?

Não tem nome ainda.

Eu não sou cientista.

Mas sou cearense e vou inventar — porque Ceará também começa com "C".

CONTANDO HISTÓRIAS DE ASSOMBRAÇÃO NA CALADA DA NOITE

J. G. Cutrim

Uma das minhas maiores animações e de meus amigos de infância era nos reunir sentados numa calçada, perto das 22h, para contar histórias de assombrações. A calçada de cimento cru era numa rua de terra mal iluminada. Antes brincávamos de bandeira, de pega-pega e "bolo no murro", todas brincadeiras de muita correria. Depois, ainda suados e ofegantes, começávamos a contar as histórias de assombrações. Na minha casa, e na da maioria de meus amigos, não tinha energia elétrica. O maior dilema era o banho no retorno com o corpo já gelado de medo. Detalhe: os banheiros se localizavam no quintal, às escuras. Onde levávamos uma lamparina, que vez ou outra se apagava ao sabor de um vento noturno. Era comum no dia seguinte ouvirmos relatos de amigos que diziam não ter tomado banho na noite anterior. Outros diziam não ter dormido a noite inteira, e que "tremiam como vara verde ao ser vergada pelo vento". Por puro medo, mas não um medo qualquer. Era um medo infantil e sobrenatural. Chegávamos a ouvir vozes e vultos quase que perceptíveis ao amanhecer, quando nosso pesadelo se rompia com o nascer do sol. As histórias se resumiam a "relatos assustadores" que nós ouvíamos de nossos avós e pais, parentes próximos e vizinhos. Lembrando-me delas hoje chego a sorrir, pois vejo aquelas mini-histórias como de uma ingenuidade sem tamanho. O medo estava dentro de nossas pequenas mentes ainda em formação. Lembro-me de uma dessas histórias assombradas que falava de uma povoação situada num espaço rural. Na estreita vereda, numa encruzilhada onde os moradores transitavam, uma certa noite passou a existir um mistério. Uma imensa "bola de fogo incandescente" passou a aparecer todas as noites no alto da árvore de galhos ressecados. A cada noite ela crescia ainda mais. Os moradores morriam de medo e a fama desse mistério passou a intrigar a todos. À noite, nem o morador mais corajoso se atrevia a ir ver de perto esse enigma. Ao amanhecer aquilo no alto da árvore sumia, não havia um mínimo vestígio. Durante o dia iam ver aquela suposta bola de fogo e nem sinal de nada. O que só deixava os moradores mais intrigados ainda. Muitos imaginavam ser um sinal dos tempos. Até que, numa noite, uma força-tarefa com as pessoas mais corajosas foi ver de perto o tal fenômeno. E se depararam com a forte luz bioluminescente de um enxame de pirilampos (vaga-lumes). O mistério da noite (e da escuridão) segue assombrando outras gerações.

ACIMA DE MIM

J. H. Resende

Olhando para o céu, vi nuvens anunciando a noite e passei a orar até meu pássaro chegar. Uma gaivota de duas cores vinha acalentar aquele galho torto da árvore frondosa, na porta da minha casa, branca como neve e pronta para aterrissar.

Ela sempre veio, sabendo que aquele homem estaria contando as horas para encerrar seu dia. Quando olhei, vi minha branquinha acima de mim, com poucas pretas manchinhas e os pés prontos a agarrar. Dei graças por minha companheira aparecer e já passei a confessar: obrigado por me ouvir e a ninguém contar! A você confio, e a mais ninguém, as coisas que devo desabafar. Um olho abre, o outro fecha na sinfonia deste silêncio. Neste confessionário ao ar livre, quero contar que, por acaso, aqui é uma praça, onde aproveito para confidenciar meu hoje, que amanhã será ontem. Termino minha prosa desta noite com saudades de minha mãe, que para o céu se foi, levando tudo que eu tinha, deixando-me você para ouvir meus versos sem fim. Uma dor doída era aquele Anjo que me criou, na esperança de ver um Arcanjo realizar um milagre em meu coração. Você está me ouvindo? Desculpe-me se a estou acordando. Que falta você me faria se aqui não estivesse para meus casos contar!

Sabe, meu pássaro, ainda bem que você veio. Que medo! Você os tem? Agradeço por você existir, senão a quem aliviar? Você está linda! Eu acordo e, quando não tem ninguém para conversar, mesmo à noite, deitado, fico ouvindo seus amigos e os cachorros da rua. Que tanto se comunicam entre si? Um aqui, outro ali, tiram os bicos enfiados nas asas, cantam e se escondem de novo. Nós, os humanos, tomamos remédios, vocês já pegam no sono e só acordam quando a luz chegar. Esqueci de agradecer o seu tempo aqui na minha fila de lamentos. Acho que vou deixá-la, pois está tão quietinha... vou imitá-la. Aproveito, vendo suas penas, para confessar minha última coisa: tenho amanhã cedo um trabalho a fazer, mas você terá surpresa, novidade! Estarei de branco, parecendo você, só que com jaleco e luva. Vou curar uma grande ferida com enxerto e imobilização. Sou médico. Reze por mim! Amanhã venha! Não falte! Mil beijos! Vou aguardar.

NOITES INTERGALÁCTICAS
José Roberto Moreira de Melo

Como pequeno burguês e desconfiado dos avanços tecnológicos que sou, tenho com a noite uma relação apenas respeitosa. Não faço barulhos inovadores e, para a minha infelicidade e sofrimento, não saio para as baladas noturnas da vida, que tanto encanto despertam na juventude. Afinal, sou um cara velho. E, com os velhos, a noite não se compadece, não sorri nem oferece muitas opções. Ao contrário, pode ser impiedosa, conforme registram os geriatras de plantão, trazendo, com o escoar lento das horas, um medo miserável, como um monstro abominável e cheio de maus presságios.

De minha parte, procuro não desafiar a noite, como faziam os pirados e os poetas da "lost generation". Nada de ficar acordado até tarde e tomar café depois das sete horas da noite. Uma mísera xícara de leite quente já é o suficiente para encarar a noite, que pode nos reservar desagradáveis surpresas. Já aprendi também que ficar na defensiva, tratando apenas de me defender das agruras de mais uma noite, não é seguramente o melhor a fazer. É necessário partir para a luta contra a noite, transformando-a, se possível, em uma doce companheira. Principalmente quando se trata de um sujeito velho, que já passou dos 70 anos como eu, mas ainda pretende fazer muitas coisas antes de partir.

Sempre de olho nos avanços da medicina, providenciei, no mês passado, uma máscara respiratória a ser usada no período noturno. A traquitana, conhecida por um nome inglês dos mais cabotinos, consiste num conjunto de capacete e tubos respiratórios, e é considerada por muitos a sensação do momento, uma vez que garante ao usuário um abundante fluxo de oxigênio por muitas horas. Por isso, livra-o dos fantasmas da apneia, garantindo uma noite confortável de sono.

Foi assim que ganhei mais uma batalha contra a noite, que me ameaçava de forma cruel. Com a minha *expertise*, posso afirmar que a domei inteiramente, como fazem os artistas com as feras num circo.

O único problema que notei, foi que Dudu, o meu cãozinho, late assustado quando me levanto para ir ao banheiro. No meio da noite, ele vê um ser intergaláctico à sua frente, cheio de antenas e de clarões lunares, e não entende o que se passa. É o preço que tenho a pagar pelas vantagens da inovação tecnológica.

É como se a noite, sempre ela, se curvasse, enfim, diante da superioridade do homem. Parafraseando o poeta, não sou eterno, posto que chama. Mas posso ser infinito em minha esperteza enquanto eu dure.

PURANGA PITUNA
Josias Carlos

Todas as noites, Izar costumava acender uma lamparina e ir até uma pedra em cima de um barranco que ficava em frente à sua casa para observar o rio, a noite, a lua e as estrelas. Dentre todas as noites existiam as mais especiais. As noites de lua cheia eram as suas favoritas. Os luares eram tão magníficos aos olhos de Izar que eles se fixavam ante a luz que emanava do céu e ela sempre exclamava:

— Meus olhos brilham ao vê-la e contemplá-la. Um *puranga pituna* a todos.

Puranga pituna significa "boa noite" em Nheengatu, que é o dialeto mais falado em sua região do alto Rio Negro no Amazonas.

Izar sempre foi uma moça romântica e nunca havia encontrado o amor da sua vida. Então ela decidiu que iria fazer um pedido em uma noite de lua cheia às nove da noite para encontrar um amor.

Quando chegou a grande noite, Izar foi até o barranco e assim que viu o céu era nítido que o luar daquela noite era magnífico.

Quando o momento de fazer o pedido se aproximava, Izar decidiu se deitar sobre o barranco para pensar, e de repente, surgiu uma canoa no rio com um homem, que cantava enquanto remava. Ao ouvir o homem a passar pelo rio, Izar olhou para ver se o conhecia.

Ele acenou com a cabeça para ela, que acenou com a mão e perguntou:

— Pra onde tu estás indo "moradessa"?

Ora, ela já o conhecia pelas redondezas, ele se chamava Luan e eram vizinhos de rio.

Ele respondeu:

— Tô indo pra São Gabriel da Cachoeira pra resolver uns assuntos lá.

A canoa começou a se aproximar, ela fixou os olhos nele e sentiu algo diferente, enquanto ele seguia viagem rio acima.

Depois ela olhou seu relógio e viu que eram 21h01, então se perguntou se tinha sido um acaso, porque para ela Luan era apenas um conhecido da região. Ela ficou confusa e não sabia se ainda iria fazer o pedido. Entretanto, olhou para a lua e decidiu que sim. Então disse:

— No luar sobre os rios o meu amor pode estar. Se entre ribeiros eu estiver ou como quiser, quem não há como amar? Cá estou e quero suplicar para que eu possa encontrar a quem amar, um amor para cultivar.

A partir daquele dia, Izar viu que poderia haver muitas possibilidades, e era loucura querer um amor por meio de um pedido. Ela queria conhecer alguém e se apaixonar, ou pelo menos saber se o seu amor apreciava um pão com tucumã ou comia abacate com leite e açúcar.

Ela se encheu de alegria e voltou a observar o quão linda estava aquela noite e se alegrou em pensar em tudo que ainda iria viver.

NOITE NA NECRÓPOLE

Igor Juan Alex Sander

Numa noite escura de 1887, saí às pressas de casa, pois em poucas horas seria iniciado na maçonaria, e então corri em direção ao ponto de encontro que era a algumas léguas dali.

A lua encoberta por algumas nuvens passageiras tinha um brilho surreal, um farol que me guiava pelo caminho.

Acelerei pela escuridão e de repente vi um vulto misterioso que procurava esconder o rosto, parecia me esperar na penumbra. Usava trajes negros, com cartola e bengala, e parecendo adivinhar meus receios, acenou levantando tranquilamente a cartola.

Em silêncio, levantei meu chapéu e segui meu destino. Prossegui vacilante, pois a escuridão parecia me inebriar pelo caminho. Como estava atrasado, decidi atalhar pelo cemitério. Lá chegando, prossegui por aquela passagem, quando um gato preto cruzou meu caminho, pensei: "será sorte ou azar?" Mas lá fui eu, andando pelo cemitério às escuras.

A noite caía em meio à necrópole, e a neblina que ali repousava deixava a paisagem mais misteriosa e macabra. Eu perambulava pelos túmulos, morrendo de medo de encontrar algo que não queria ver. Torcia para não encontrar nem uma viva alma, pois na escuridão como saber quem vai, quem foi?

Havia andado bastante quando percebi uma lápide que já tinha visto. Era a lápide de uma mulher que há muito havia partido, e então me descobri perdido. Apavorei, não sabia mais qual caminho trilhar e, como um beato, rezei e andei sem rumo.

Após tanto caminhar, avistei uma mulher de finos trajes cujo capuz escondia a face. Ela sem cerimônia apontou numa direção e, aliviado, vi o portão de saída. Resolvi agradecer a ela, mas quando olhei, já não estava mais lá. Desaparecera, o que me deixou aterrorizado. Saí correndo, pois já não sabia se a mulher era fruto de minhas orações ou se havia levantado do túmulo para me ajudar.

Saí às pressas da necrópole e avistei a estrada de chão batido, por onde segui até o local combinado, onde recuperei meu fôlego.

Mais sereno, mirei no lago que repousava à frente, vi que a lua o tocava suavemente. Naquela nova paisagem a noite tinha outro contexto, nada de misterioso. Como o luar da necrópole, ali tudo era sereno, até as horas pareciam não passar.

Em minutos uma carruagem parou diante de mim. Do seu interior saiu um homem que, como eu, também trajava terno preto, todavia ele ainda portava uma bengala e uma cartola. De imediato sorriu e me colocou uma venda e a partir dali um silêncio enorme se fez.

Vendado, experimentava agora outra escuridão e a noite agora era só minha.

MERGULHO NA NOITE
Katia Paiva

Tua escuridão misteriosa e fascinante leva os meus pensamentos para lugares onde não ganham luz durante o dia. Mesmo na balbúrdia da cidade gosto de tua companhia silenciosa e intensa na alta madrugada insone. Viajo nos novos contornos da velha árvore que se descortinam tímidos pelos reflexos da lua cheia. Meus sentidos se aguçam. Percebo sons que guiam o meu olhar para o mais profundo. Aromas que surgem com o encantamento da tua suave neblina e movimentos de sombras que me imobilizam não pelo medo, mas sim pelo cuidado de não interromper essa agitada calmaria.

Essa serenidade proporcionada quando o infinito salta aos olhos já semicerrados, que a consciência tenta alcançar o brilho das poucas estrelas que vencem a fumaça de nossas vidas atribuladas. Nesse itinerário não sou eu que parto, são as lembranças de tempos remotos e até mesmo recentes que chegam passeando sorridentes pela minha memória, tão próximas da minha cabeça quanto as estrelas. Um vento manso provoca uma simbiose nos sentidos revivendo os aromas da intimidade. O perfume da refeição amorosa espalhando a fumaça pelo apartamento pequeno como um incenso renovando energia. A visão do colorido das lágrimas e sorrisos compartilhados nas confissões secretas e nas conversas descompromissadas de outrora. O barulho do lar sempre cheio da intensidade das pessoas que viviam ali. O gosto agridoce dos conflitos necessários para uma caminhada mais segura de encontrar o destino certo.

Todo esse alarido acelera o coração confuso entre presente e passado. O remanso da noite que a tudo observa envia um sopro mais forte, trazendo um bailado especial às folhas da velha árvore que sacolejam em sincronia, abrindo meus olhos de volta ao recanto negro. A alma harmoniza-se com o tempo real normalizando a cadência do coração e deixando o corpo mais leve. O pensamento após essa breve e vigorosa viagem, sempre voltado a racionalidades, me esclarece sob a luminosidade do luar, que só, vivi uma preciosa saudade e já se faz a hora de sonhar.

PREFIRO A NOITE
Lenita C. Gaspar

Há os que preferem a luz do dia e os que preferem o véu da noite. Eu prefiro a noite.

À noite é quando tudo lá fora se acalma e tudo aqui dentro turbilhona. Mas mesmo assim eu prefiro a noite. No silêncio da noite é onde as ideias gritam, o coração palpita, os pensamentos fritam e a palavra não hesita. Por isso eu prefiro a noite.

Mas também é na calmaria da noite que o corpo desacelera, os pensamentos se organizam e as ideias ficam claras. Posto isto, eu prefiro a noite.

Na escuridão da noite a inspiração se ilumina, os sonhos disseminam e o dia culmina no sentimento aliviado de dever cumprido. Sim, prefiro a noite!

Na roda-viva da noite acontecem os melhores encontros e reencontros, os amigos se divertem, espairecem e enobrecem o bem-querer daqueles com quem escolhemos compartilhar a vida. Assim, eu prefiro a noite.

Na quimera da noite os amantes flertam e se entregam à paixão. O clarão da lua e o céu constelado trazem encantamento e se tornam o cenário perfeito para um beijo cheio de desejo e carinho. Entregar-se ao outro para somarem suas vidas e multiplicarem-se no amor... Huum, eu prefiro a noite!

O breu misterioso da noite traz consigo o bater de borboletas no estômago. A expectativa de que o novo virá e trará bons ventos nos faz ter esperança de que a luz logo brilhará novamente. Em vista disso, eu prefiro a noite.

As luzes da noite encantam, inspiram, alegram, apaixonam. Luzes da cidade, sob a luz do luar, debaixo das luzes das estrelas, à luz de velas ou à meia-luz. Desse modo, eu prefiro a noite.

Na solitude da noite é onde me encontro e busco acalanto. Estar com meus pensamentos, em companhia comigo mesma, sendo aquilo que escolhi ser e não o que me foi previsto! Dessa maneira, eu prefiro a noite.

E o cheiro da noite... ah, o cheiro da noite! Uma mistura do mistério da dama-da-noite, inebriante, com a jovialidade do frescor noturno, enche os pulmões e a alma de reconhecimento de que nos foi permitido encerrar mais um dia. Eis o por que eu prefiro a noite!

FELINO, MAS NEM TANTO

Marcos Mendes

Era noite despreocupada e morna. Dessas que qualquer atividade pacífica que seja feita cai bem.

Estava ele a rodar com o carro nas ruas tranquilas das redondezas de onde morava.

Eis que depara com desenho estampado em muro e se põe a observá-lo. Era uma figura pitoresca, que o fez divagar muito.

O desenho era de um hipopótamo fêmea em pé nas duas patas a usar biquíni bastante apertado, com a boca em círculo levemente aberta, simulando um biquinho. Grandes cílios em enormes olhos e olhar sensual. Suas patas traseiras cruzavam-se suavemente, fazendo com que as ancas ficassem dobradas para o lado.

As patas dianteiras, à guisa de mãos, davam o toque final. Uma delas encostava-se ao corpo com a palma virada para dentro. A outra tinha um dos dedos a quase tocar os lábios vermelhos de batom.

Era desenho vivo e isso o instigou a matutar no assunto. O passeio havia terminado, eram diversos os pensamentos naquele desenho, então resolveu ir para casa refletir melhor.

O termo antropomorfismo veio à mente. E deixou-se ficar.

Nas divagações, já em casa, concluiu que o humano era fissurado em transformar seres inanimados ou bichos em humanos, criando caricaturas divertidíssimas. Em filmes, livros, sempre estavam lá os animais ou coisas com cara de gente, falando, vestidos ou seminus, trabalhando, criando filhos. Até na bíblia se via largamente essa mania, haja vista que Deus se transformava no homem Jesus, e a tentação em ardilosa víbora.

Lembrou-se das situações em que ele próprio teve essa caracterização bem definida.

Certa vez, em reunião na empresa, chata, longa, usou o exercício mental de visualizar cada um dos participantes como algum bicho conhecido.

Lembrou-se da situação e riu à beça. Embora naquele dia tivesse que se conter para não cair no ridículo de dar uma gargalhada sem nenhum contexto para os outros.

Vieram na memória duas transformações mentais. Uma delas era de um rapaz que parecia um ursinho de pelúcia; todo meigo, com a pele marrom-clara e pelos no corpo. Por mais que falasse assunto sério, a vontade era de apertar suas costas para ouvir "mamãe" ou "eu quero um abraço".

Outro rapaz, de maior compleição, parecia um avestruz. Olhos grandes e bem abertos, penugem na fonte e bico achatado. Na época, conseguiu imaginá-lo chacoalhar o grande bico a engolir uma das bolas de cera que estavam de enfeite sobre a mesa.

Adorou as lembranças. Riu muito com elas.

Como já era tarde, bocejou largamente e foi se deitar. Antes, porém, tomou goles de leite no seu pires, lambeu-se em banho e se acomodou na sua almofada preferida, com a cauda a envolvê-lo. Dormiria ronronando esta noite.

PARTE DE MINHA PARTIDA

Marcos Mendes

E você está indo...

A cada noite um pouco, roubando meus momentos de tranquilidade após a labuta do dia, enegrecendo um rosto que antes feliz sorria.

E você está indo...

Sem alarde, com submissão, por causa de um fio de negligência pessoal estúpida, com a saudade já machucando, nossos olhos vermelhos e inchados a fitar a realidade, condenando-a e a expondo à negação.

E você está indo...

Sinto que não aprendi o que devia. Há muitas reticências, entrelinhas, aulas inacabadas, nenhuma desavença mal resolvida.

E você está indo...

Engraçado, nenhum de nossos projetos foi finalizado. Ficaram lá nos nossos escaninhos de memória, talvez um lampejo de história para outro divagar.

E você está indo...

Apesar de meus pedidos sinceros, egoístas, em desespero, para você ficar comigo só mais um pouquinho.

E você está indo...

Acho que um pouco do jeito que queria, sem dor, pendências resolvidas, mente confusa a não se estabelecer nenhum foco de causar temor.

E você está indo...

O que devo fazer com a riqueza artística que deixa para trás? Livros, música, pintura, sua arquitetura e antologia, as frases completas e incompletas, numismática, arcabouço dos mais variados temas, alguns até banais.

E você se foi...

Mergulhou no inominável, de cara no nada, de encontro em colisão de finalização extremada.

E você se foi...

Não mais subirei aquelas escadas, não mais ouvirei suas risadas, nem suas jocosas palavras.

E você se foi...

O que faço agora com tudo? Qual o significado daquele olhar em casa alheia, de duração infinita na luz de lua cheia?

E você se foi...

O que você pensa de mim? Houve alguma minha interferência nos desalinhos de sua vivência?

E você se foi...

De uma coisa eu sei. Jamais terei afeição novamente por ninguém, não aguento mais chorar por perdas em pedras nos caminhos que me deixam mais e mais sozinho com destino a entristecer.

E você se foi...

Quem diria, proporcionou o ensinamento até de como morrer. Suave e lentamente, sem repente e com ar grave, sem entrave como entrar em portas de fechadura sem chave e friamente com a verve doente.

E você se foi...

Finalizou sua maior cena, com casa lotada e público seleto. Aceitou como certo esse encerrar de voz, de contato, de tato em todos nós, de se comunicar.

E você se foi...

Sem pressa, derreando adeus, argumentando no talvez, mostrando altivez ao que resta. Ao se mortificar.

E você se foi...

Sozinho em caminho de separação. Sem sol, sem lanterna, na noite sinistramente escura, somente com sua própria luz a invadir a terrível, temível e inevitável completa escuridão.

E você se foi.

SONHO INTERROMPIDO
Maria Amália

Os meninos fugiram de casa, tinham histórias de vida parecidas. Luisinho tinha oito anos e Chocolate nove. Agora com onze e doze anos, os infelizes buscavam, longe da vida difícil em casa, algo melhor. Mas, nas ruas, depararam-se com uma vida bem difícil. Nunca conheceram o pai, nem mesmo sabiam como encontrá-lo. Abandonaram a escola para ajudar as mães no sustento da casa. As dificuldades uniram os dois, tornaram-se amigos pela fé e pelo risco que corriam.

A rua era, agora, a casa que haviam escolhido para viver. Rapidamente, foram "adotados" por grupos do tráfico para vender drogas em diferentes pontos da cidade. Ao despertarem, mal lavavam a remela que se acumulava no canto dos olhos. Escovar os dentes e vestir roupas limpas estavam fora de cogitação. Comer era um privilégio, e só quando os dois pobrezinhos recebiam alguns trocados. Travavam uma batalha diária pela sobrevivência. A mísera e difícil vida sorria-lhes.

O dia 23 de julho transcorreu pleno de perigos e preocupações. Receberam algumas ameaças de facções rivais por estarem "trabalhando" na área. A luta pela sobrevivência implicava alguns riscos, mas precisavam enfrentar os obstáculos para seguir adiante. A noite prometia-lhes tranquilidade, apesar do barulho e do desconforto. As pessoas que ali passavam estavam acostumadas a ver aquelas crianças dormindo na escadaria da grande matriz. Sentaram-se ali e começaram a observar o céu cheio de estrelas. A lua iluminava o rosto dos meninos, trazendo-lhes um fio de esperança aos seus coraçõezinhos. Temiam que algo lhes acontecesse, então esconderam-se debaixo da velha coberta rasgada e fingiram dormir para driblar o perigo.

Antes, Chocolate pegara a foto de Márcio Santos, recortada de um jornal que ele havia recuperado do lixo. Assim como o jogador do tetra, ele sonhava em ser um jogador famoso e pisar no gramado verdinho, ouvindo a torcida gritar seu nome. Luisinho também sonhava com uma casa e uma mãe que o esperasse para o almoço após a escola.

Subitamente, o silêncio foi quebrado. Passos, correria, gritos, tiros e mais tiros. Os condenados ficaram cercados. Uma mancha vermelha começava a crescer, atingindo toda a escadaria. Não acordaram, ao contrário, continuaram sonhando, livres de qualquer perigo. Amanheceram cadáveres. Foram emboscados na escadaria da Matriz. O massacre da madrugada interrompeu o sonho.

O LUAR DO MEU SERTÃO

Maria de Fátima Fontenele Lopes

Uma linda viagem ao deslumbrante e amado sertão, casarão alpendrado com enorme terreiro de onde se avistava, ao amanhecer, um longínquo cercado com enormes árvores frutíferas, gigantesca oiticiqueira e o deslumbre do balanço da vegetação, provocado pelo vento que encantava cada pedacinho do bonito lugar. À tardinha, a beleza do pôr do sol por detrás dos arvoredos, um lindo espetáculo gostoso de se ver. À noitinha, alumiada pelo crepúsculo incandescente, o espaço tornava-se palco de divertidas brincadeiras de crianças e do encontro de vizinhos para uma divertida noite com agradáveis conversas, piadas, anedotas e histórias engraçadas ao som dos acordes da sanfona e do violão, ambiente iluminado pela claridade da pequena fogueira de galhos secos, reaproveitados das brocas no preparo da terra para o próximo plantio. Na ocasião era sempre servido um cafezinho, chá ou aluá. O cenário agradável e contagiante, o céu encoberto de estrelas brilhantes e encantadoras, tornava aquele lugar único. A lua cheia se fazia notável pela magnitude de sua beleza. Postava-se à frente com tamanha grandeza que reluzia num belo dourado que incitava a imaginação de belas narrativas de fábulas e contos. A lua, o luar, a madrugada, o encontro, namorados, pensamentos, sonhos, desejos, melancolia, pedidos, espera, canto, poesia, poetas e o magnetismo do amor traduziam-se ali como magia. As nuvens abriam-se como onduladas cortinas brancas para o show acontecer, o céu escurecia para deixar brilhar com maestria o espetáculo. O sol escondido dava passagem para a estonteante coruja passar. O orvalho respingava sobre o verde campo e nas lindas flores espalhadas pelo vasto quintal; podia-se sentir o viço da natureza. A brisa espalhava o inebriante perfume e a vida parecia sorrir para todos. O encanto da maravilhosa noite do meu fascinante sertão, hoje, guardado na memória e na simplicidade de uma velha, rasurada e rabiscada fotografia.

AQUELA NOITE
Mônica Peres

Quando ela o encontrou pela primeira vez, nada a esperar, nenhuma emoção à primeira vista, porém percebeu que algo o tocou, considerando sua aproximação, e isso a intrigou, tomando conta de seus pensamentos.

Tempos depois ele ressurgiu inesperadamente, arrebatador de uma forte emoção!

Um convite inesperado, uma noite de amor!

Não pensava em nada, só queria viver o momento, mas, a partir de então, iniciaram-se encontros noturnos regados de muita alegria, frescor e diversão. Noites de jantares deliciosos que ele preparava com muito carinho para ela, temperados com muita carícia e depois filmes e séries antigas, que recordavam com muita alegria.

Seus filhos, que foram apresentados de forma leve, acolhedora, compartilhavam momentos de descontração, viagens e passeios...

Tudo compatibilizava, encantava e completava, imensa conexão.

Uma desmesurada alegria tomava conta de sua vida!

Que homem incrível!

Não acreditava em como poderiam ser tão diferentes e estarem tão bem juntos. Ele com sua alegria, desinibição e ela com sua timidez e desencanto. Pareciam dois adolescentes, e no instante seguinte dois solitários à procura de um colo para aplacar suas dores.

Mas tinham muitos sonhos, desejos, vontades e gostos em comum!

Quando em uma encantadora madrugada, após momentos intensos de entrega, ele a levou para casa e um silêncio de paz se instaurou naquele carro. Nenhuma palavra, ela só queria olhá-lo, admirá-lo, amá-lo e deixar a brisa suave brincar em seu próprio rosto e deliciar seu coração. De repente, ele imaginando que iria agradá-la, dá um play, a música começa a tocar e a faz viver e reviver tantos momentos maravilhosos... ah! Aquela música, que remetia a um passado de sonhos e fantasias.

Noite carregada de contentamento e ela pensou: "quero paralisar, pintar, fotografar, o que for possível para deixar registrado este momento, para contar aos meus netos, meus descendentes, o quanto de prazer e alegria eu vivi, o quanto eu fui feliz, o quanto ele me fez feliz"!

Perpetuar aquele tempo de forma tão especial.

Aquela noite!

A NOITE E A ESCURIDÃO CRÔNICA

Pacheco

Depois de arrastados a tiracolo pelo Dia que se recolhe, seguem, cada um para o seu lado, Caçador e Caça, carregando alegrias, lamentos, esperanças... O Cotidiano adentra a Noite e vê a Cidade adormecer em seu silêncio metálico e luzires estridentes.

O que É, acompanhado pelo Conhecimento, diferente nos gestos, atos e ações — discute com a Razão. Sabe que bastaria apenas chegar a algum lugar, contemplar o anoitecer, descansar, dormir estaria bom, mas, "condenado" a pensar, procura por Luz na Escuridão, luta com a Ignorância, cultiva o Saber. A Noite pensa: a Sabedoria fica adulta em cada um (ao seu tempo), infelizmente, muitos fenecem antes de entender o Mundo. Esses, infelizes escravos das Trevas, perpetuam um "ir e vir", indefinidamente pelo mesmo caminho, assombram-se, veem falsas realidades, aceitam a Escuridão permear vidas, barracos, berços/camas em sarjetas, residências onde brotam sonhos, também pesadelos... E permanecem assombrados.

A Madrugada cala, rangidos quebram o Silêncio, a Noite é arranhada por coisas que passam fora da rotina — Eu incluído.

Vez em quando, sem alarde, Brisas sopram Nuvens, que vão... Certamente sussurram entre si, para não acordarem amores em devaneio, mares acalentando rochedos, estrelas cadentes enamoradas do Céu — certas de infinitos flertes.

No Ar, o Silêncio impregna calçadas, muros, árvores, lateja em sinais semafóricos que aguardam os primeiros passos do Amanhecer, que virá cumprimentar esquinas, asfaltos, Elementos à espera do Frenesi. Algazarras abraçarão os primeiros raios do Dia — horrores se levantarão dos seus túmulos — O Capital estalará novamente os dedos, o Mercado apertará botões, teclados, celulares, códigos 0101010... A Máquina seguirá: em frente sempre, vestir a camisa, cumprir metas, idolatrar, trocar de máscaras, produzir, construir, destruir, outra vez e de novo, erigir altares, sacrificar em holocaustos: gentes, indigentes, culpados, inocentes, pobres ricos e ricos e pobres — Você inclusive.

Finda a Noite, o Cotidiano acelera: alimenta ignorâncias, retóricas, cria "novas verdades", forja crenças, costumes, promove fratricídios, genocídios... A Natureza, o Amor e a Solidariedade resistem. O Animal demora para aceitar a Humanidade! Em seu benefício, o *Establishment* mantém o Gado na Escuridão — Inclusive Eu e Você.

O Tempo segue, desvela universos, cria vidas, e, em nosso mundo, arrasta a tiracolo o Dia, o Caçador, a Caça e a Noite para dentro dessa crônica, diferente, mas só uma crônica — felizmente.

ENTRE LINHAS E ESTRELAS: A VIAGEM NOTURNA DE UM ESCRITOR

Paulo M. Q. Resende

À noite, confidente fiel da introspecção, controla-se silenciosamente em seu véu de insondável profundidade. Lá fora, abriga uma vastidão estrelada dos mais tímidos e fervorosos desejos do coração, que sussurram canções ancestrais aos olhos de quem as mira. Às vezes, observando a serenidade, por vezes, concedendo o palco aos sonhadores. Dentro, embrenhado na escuridão com uma xícara de chá ao lado e uma luz tênue.

Quando as urgências diurnas já recuaram diante da necessidade do repouso, uma magia peculiar toma conta do ambiente. A quietude não é vazia, mas cheia de potencialidades e imersões. Cada linha lida provoca uma sonoridade, cada personagem desvendado uma alegria e cada reviravolta absorvida inspira, tudo revelando possibilidades que murmurejam sugestões de algo próprio e único: o livro que habita os recônditos da mente.

O silêncio da noite é interrompido pelas páginas viradas, testemunhas das viagens de outras diferentes histórias.

Enquanto o mundo ao redor se entrega ao sono, os olhos percorrem parágrafos, descobrem mundos e exploram culturas. O leitor, fiel viajante, adentra-se nas tramas alheias e, sem perceber, tece as suas. As páginas em branco, antes intimidadoras, ofuscam a escuridão circundante e se transformam em territórios receptivos para que a imaginação transborde.

Ecos de outras vozes, de outros tempos, de outras vivências, misturam-se ao pensamento atual, moldando e sendo moldados infinitamente. Às vezes, são apenas segredos indistintos e incoerentes. Outras vezes, são clamores que encorajam. Após as últimas palavras serem consumidas, uma transição mágica acontece nas folhas em branco, tecendo a própria tapeçaria de letras. As ideias semeadas e germinadas durante a pesquisa literária manifestam-se em rascunhos e esboços. A caneta desliza por si só, emitindo um ruído ímpar, que rompe a quietude do mundo adormecido e registra as histórias que pulsam no peito.

Sob a proteção da escuridão, somos mais separados e, paradoxalmente, mais fortes. A introspecção nos despe e, ao mesmo tempo, nos arma. As histórias que lemos e as que escrevemos nos desafiam, nos transformam e nos fazem voar alto. As mentes despertam tricotando os fios dourados dos sonhos. Autor e leitor, em uma simbiose transcendental, constroem legados e dão movimento a personagens e cenários, recriando a realidade. Narrativas nascem, celebrando o poder das palavras, definindo, assim, a jornada de um escritor, que gera um livro na calada de uma noite solitária, mas cativante.

O SILÊNCIO DO DETETIVE
Pedro R. R. Angel

Era noite, ao redor da vítima havia várias pessoas, em sua maioria familiares e amigos. Todos olhavam agastados para o corpo. Interrogavam aflitos o detetive para saber o que havia acontecido, afinal, ele sempre resolvia qualquer mistério.

Este, porém, sempre muito calado, repousava serenamente suas mãos cruzadas na própria barriga. Um homem de chapéu aproximou-se então dizendo:

— Me diga, homem, uma coisa dessas não pode acontecer com alguém tão importante em nossa cidade. Ajude-nos a descobrir quem cometeu este crime e vou pessoalmente me vingar desse assassino!

O detetive, porém, não pronunciou uma só palavra em resposta, e então o homem afastou-se furioso.

Um breve momento se passou e uma mulher de olhos inchados e sulcos formados se aproximou do detetive perguntando:

— Meu filho! Me diga quem foi que matou meu filho! Só você pode nos dar essa resposta, mas fica aí calado, como se nada pudesse fazer!

A mulher então deu um tapa no homem, que pareceu não se importar nada com a afronta, mas permaneceu calado.

Uma jovem puxou a mulher para longe do detetive dizendo:

— Vamos, mãe, você sabe que ele não vai te responder agora.

Alguns se reuniram em uma roda para conversar enquanto o detetive permaneceu silenciosamente na cena.

— O que faremos agora? — perguntou o senhor prefeito. — Não podemos esperar uma resposta do detetive!

— Devemos nós mesmos investigar o cadáver! — sugeriu um jovem rapaz.

— Isso é profanação! — respondeu a mãe da vítima.

— Ela está certa — concordou o senhor prefeito. — Somente o detetive poderia fazer isso.

— Pelo visto não podemos esperar isso dele! — disse o homem de chapéu, insinuando sua letargia. — Não é mesmo?

Todos continuavam suas murmurações e especulações, na esperança de que o detetive abrisse a boca para dar seu parecer.

Foi quando uma garotinha afastou-se do grupo e aproximou-se do detetive dizendo:

— Papai, eles querem que o senhor resolva mais este caso.

Sua voz inspirava inocência, mas seu olhar exalava serenidade. Ela então concluiu:

— Mas... parece que desta vez o senhor não vai poder resolver quem foi o seu próprio assassino.

NO POENTE DA VIDA
Penha Franzotti Donadello

Logo percebeu que ela era nova ali. Percebeu também que no refeitório ao lanchar tinha os olhos e o rosto mergulhados em um livro. Que coisa! Não os levantavam por nada. Tão linda a noite lá fora, dava para ouvir a melodia suave do piano na grande varanda. Será que se atreveria a convidá-la para apreciar com ele? Os demais, entretidos nos jogos de cartas, pareciam indiferentes à chegada daquela senhora. Sabia que envelhecer nesses novos tempos é ainda poder tirar proveito da vida. Mas morando ali, no lar dos idosos, onde nada o interessava, entregava-se às lembranças do passado, muito embora os anos tenham lhe mostrado a importância de se viver o presente. Optou, porém, em reviver seu primeiro amor; não a primeira namorada. Por que o primeiro amor? Talvez porque tenha durado pouco; veio leve como a brisa da manhã e se foi breve qual relâmpago na noite, causando impacto significativo. O beijo suave, a música, o encanto. Foi o que elegeu para sobreviver na nova moradia. Sim, vivera muitos amores. Vivera suas conquistas com dignidade e compromisso; mas seu primeiro amor era a lembrança que guardara para abastecer a solidão de sua velhice, embora a cada dia essa doce lembrança esmaecesse na memória. Nublava-se. Naquele refúgio, até confortável, imposto pela vida, via no cotidiano bom espaço onde respirava e relembrava o passado. Agora, porém, passava cada minuto evocando a nova idosa que a casa acolhia. Seu pensamento era todo para aquela senhora; fixou-se de tal forma nela que a lembrança já esgarçada do passado desaparecia por completo. Apegou-se então ao presente. Qual o tema da leitura que a prendia sobremaneira? Gostava de música? O que sentia no novo lar? Imaginava estar com ela, andando juntos pelos jardins, conversando sob as estrelas, ouvindo música. Não a vira durante o dia. Mas a noite, lá estava ela, olhos grudados no livro e ele de longe embriagando-se na nova alegria em que o sorriso vinha com vontade e sede de beber sua fantasia. O que o impedia de ir até ela? Não... ainda não.

Outra noite de esperança; hora do lanche. Ela não estava. Mas a procurou. Dirigiu-se à varanda onde o piano tocava a música de seu passado, confundindo-lhe a memória. Aproximou. Olharam-se demoradamente em silêncio. Nada havia a falar. Estava diante de seu primeiro amor. Ela! Frente a frente respirando o mesmo ar com a sede de uma água somente deles. Ressurgindo com a força do destino regada à música da juventude. Beberam-na, abraçados, e dançaram comemorando a aurora no poente de suas vidas.

POR ONDE ANDA A RECIPROCIDADE?
Penha Franzotti Donadello

Ela o almejava pela enorme vontade de estar com ele. Com zelo, respeito, dedicação e comprometimento. A vida só fazia sentido ao seu lado.

A noite sempre vem carregada de beleza diferenciada, peculiar, nos fazendo exigentes de aconchego, acolhimento, valores que só o coração entende. Assim, quando o sol se fazia poente, dando lugar à noite, era quando mais sentia sua falta. Imaginava-o acariciando seus cabelos, ouvindo-o à meia-voz, partilhando seus sonhos, e até os problemas, os risos, as lágrimas, mas sempre juntinhos entregando-se com ternura... afugentando o frio da alma.

Para atraí-lo, enfeitava-se de tênues flores do campo se fazendo bela, lá — onde estavam.

Ele a olhava, contudo não lhe alcançava a intenção. Ensimesmado em preocupações irrelevantes, voltadas para seu "eu" corriqueiro, sem o "nós" que aproxima e promove a cumplicidade e solidifica a relação. Ela insistia:

Bebia a luz do luar e trançava o brilho das estrelas iluminando-se para ele. Distraído, porém, não a percebia — lá, onde estavam. Se perdia, conturbado em irrelevâncias insossas que mais lhe faziam mal.

E, sempre lá, sob a claridade do luar, ela banhava-se do manso sereno em dança de atração. Ele viu, não a notara. Era difícil para ele transformar o afã da vida corrida em algo extraordinário, pois não vislumbrava a beleza existente nas entrelinhas... Era difícil entender que desafios existem, mas não podem comprometer a alegria de viver, como se sol, chuva, frio, calor não tivessem belezas.

Insistente, ela, sabedora de que a vida não é fácil, mas que se deve fazer valer a pena, perfumou-se do aroma amadeirado das folhagens do bosque sob a chuva que mansamente chegava trazendo o frio. Lá onde estava.

Mas ele, enfastiado até, mantinha-se impassível.

Enfeitou-se... iluminou-se... banhou-se... perfumou-se... dançou e...

A noite se fez escura para ambos.

Bem depois, muito depois, ele despertou. Experimentou serenidade na alma; fora tomado por uma efusão de alegria e pressentiu-a de relance, entrevendo-a. Sentimento de liberdade aflorara em si. Sentiu que a almejava também. Era seu porto seguro, sua paz. Enfim a enxergara. Percebeu o quão cego fora e tinha pressa. Entendeu que a vida é muito mais que situações terra a terra. Ansioso, reuniu seu melhor sorriso, seu melhor abraço, sua melhor intenção e buscou-a loucamente. Onde quer que estivesse não a deixaria escapar. Voltou inteiro levando seu melhor.

Mas ela... já não estava lá.

SABER MARAVILHAR-SE
Penha Franzotti Donadello

O maravilhar-se diante do esplendor da noite é uma possibilidade de vivenciarmos com inteireza o momento, absorvendo pedaços de poesia da vida. Podemos nos maravilhar com o ocaso avermelhado, trazendo o brilho das estrelas; com a chuva escorrendo na vidraça e filtrando a luz que restou do dia; com a sombra dos prédios sobre a alameda recebendo a noite sob a claridade das luzes dos postes. Maravilhar-se não é somente ver, é perceber além do óbvio. O jornalista mineiro Mário Chrispim, certa noite observando o vaivém da maré sob o céu noturno, escreveu assim: "O mar chora fazendo chuá... chuá... porque não banha as costas de Minas Gerais". Linda metáfora. Homem das serras das Gerais, mergulhado nas belezas do mar à noite. A montanha, o mar... ambos cativam a qualquer hora. Gosto da fala sensível da poetisa brasileira Helena Kolody: "Quem bebe da fonte que jorra da encosta, não sabe do rio que a montanha guarda". A natureza ao receber a escuridão da noite desenha as silhuetas das montanhas onde guardam as águas sagradas e onde a horizontalidade desbotada e serena do mar as receberá, pois que "o mar não recusa nem um rio". O mar, por sua vez, carrega em sua imensidão invejável poesia.

Assim também o voo baixo da gaivota ao entardecer sobre a areia da praia se perde no azul empalidecido do céu como o mar nos matizes já pouco esverdeados do oceano. Por que atrofiar a vida falecendo o olhar entre paredes de apartamento? Por que nos privar desse bem-estar que traz força interior e que depois, quando o evocamos, reacende como brasa ao vento? Que força é essa que nos deixa em estado de graça? Essa força existe. O crente tem convicção de ser algo divino; o incrédulo dirá que é algo do acaso; outros acham não mais que bonito, sem maravilhar-se. Sim, há os que não conseguem entreouvir tais momentos. A questão é: por que o que sobra em uns, falta em outros se "cada ser em si carrega o dom de ser capaz de ser feliz", como poetizam Almir Sater e Renato Teixeira? Todos podemos alcançar esse estado de enlevo quando desenvolvemos em nós o espírito de contentamento e gratidão pelo que somos e possuímos. Não seria a gratidão caminho para o maravilhar-se como nos orientou Paulo: "em tudo dai graças"! O poeta já disse, para "conhecer as manhas e as manhãs, o sabor das massas e das maçãs", temos que abrir mão das artificialidades que nos sufocam para que as alegrias puras pulsem diante de nosso olhar, até mesmo no cair da noite.

REFLEXÕES NOTURNAS
Rafaela Icó

Mais difícil do que encarar uma noite sóbria em casa e sozinha é encarar uma noite bêbada na rua e acompanhada por todas as pessoas que você gosta, menos a que você queria. E mesmo assim, você insiste porque é melhor expurgar os sentimentos do que ver TV com eles. Ou não.

O que eu aprendi com o término de relacionamento é que as noites são sempre mais longas e dolorosas, mas mesmo se você tivesse com quem você ama em seus braços outra vez, seria desconcertante, pois você entraria na neura de: até quando dessa vez?

Meu traço tóxico, talvez, seja pensar que não mereço ser amada com tranquilidade. E quando eu baixo a guarda e permito que isso comece a acontecer, me sinto entrando no mar do Leblon, apanhando das ondas que quebram em cima de quem acabou de entrar e não permitem que você saia ileso. Sempre tem uma humilhação para driblar o mar revolto.

A verdade é que parece que o amor não é para mim. O dar, eu aprendi desde cedo. O receber, a vida ficou em débito. Ou talvez porque esse não seja o meu destino, ou talvez porque "a sorte de amor tranquilo com o sabor de fruta mordida" não seja para quem escreve sobre o amor antes de vivê-lo.

Ou talvez minha fruta já esteja terrivelmente amassada, pulando de feira em feira, esperando ser levada por alguém que a aceite. E eu só gosto de fruta quase verde.

Na noite passada, emendei shots de tequila com shots de cachaça e shots de qualquer coisa que me oferecessem. Não estava em fúria, na verdade, estou anestesiada. O sentimento de um término não me afetou. Mas na escuridão do bar, quando já havia fechado e eu fiquei com uns amigos, olhando para aquelas sombras que parecem guardar segredos obscuros de todos os que passam por ali, eu tentei achar os meus. O que descobri foi que, na verdade, toda essa imensidão obscura vem do fato de não se compreender aquilo que se olha. Se olha, mas não se vê, não enxerga, não compreende. E eu não me compreendo.

A cada fim de tarde, quando a luz do sol nasce do outro lado do mundo, eu e a lua nos encaramos admirando a coragem uma da outra de tentar brilhar mesmo com uma luz que não seja própria todos os dias. Não que estejamos roubando a luz de ninguém, mas estamos sempre na escuridão da noite procurando um caminho para existir, para ser notada. E apesar de tantas estrelas ao nosso redor, temos a nossa própria imensidão que, por si só, merece ser notada e admirada.

Agora vou desconectar, porque mais uma noite chegou e eu, ainda minguante, tenho um trabalho a fazer.

ACASOS
Rodrigo Page

"Nunca deixo de pensar que, de repente, o curso da minha vida pode mudar com um encontro ao acaso."

Essa é uma de minhas frases favoritas de *Westworld* e define exatamente como me sinto desde a festa em que finalmente o conheci. Quem diria que em uma mesma noite eu poderia me deparar com um ex-amor e, quem sabe, encontrar um novo?

O plano era passar o fim de semana descansando da correria do trabalho, mas graças a um "Bora?" de uma amiga — ou devo dizer "madrinha"? — tudo mudou. Após seis meses de meras interações online e nenhum encontro marcado, finalmente nos encontramos. Assim, com um acaso.

Acho que me apaixonei no momento em que falava e você me observava como se quisesse que eu ficasse quieto para poder finalmente me beijar de uma vez. Que culpem o álcool se quiserem, eu só sei que fazia tempo que não me sentia como me senti com você.

Ver quem eu nunca mais gostaria de ver poderia ter estragado um pouco a minha noite, mas nada que terapia não tenha resolvido. Sem falar que minha atenção estava voltada a você. Que me observa como se tivesse descoberto uma nova galáxia sempre que falo sobre algo que gosto ou que você não conheça. Que pegou qualquer muro que eu possa ter criado nos últimos anos e o derrubou, quando repousou sua cabeça em meu ombro para descansar enquanto estávamos sentados naquela noite. Cada toque em minha pele parece um sinal do universo me dizendo: "Ei, você está vivo e ainda tem isso aqui para viver."

Espero que você tenha chegado para somar, porque se for mais uma "lição", eu já sou estou cansado de estudar.

ANTES QUE A LUA CHEGUE
Rosangela Soares

    Antes que o inverno chegasse, ela ainda desejava aproveitar, talvez, aquela linda aparição do sol com toda a sua exuberância, sentir em sua pele o calor que dele vinha, pois sabia que manhãs e tardes ensolaradas culminariam sempre numa linda noite de luar. E a semana estava plena de lua cheia enfeitando as noites, prateando o mar, inebriando os sentidos e proporcionando sempre novas vibrações a todos aqueles que se rendiam à sua beleza. Felizes de todos os notívagos que buscam o amor, a beleza e a inspiração em noites de luar, porque junto à lua ainda brilham as estrelas e o céu, não de um manto negro, mas de um azul-escuro que deixa solto o pensamento e livre a imaginação. Agradecimentos à musa inspiradora que ainda faz com que o ser humano se sensibilize.
    Por que pensar que basta sair de onde estamos, viajarmos longas distâncias para estar em contato com lugares que possam resgatar todo esse lado sentimental? Ao cair do crepúsculo, a lua nos trará até aqui e, como bússola, guiará o rumo dos nossos sentimentos... até os mais perdidos. Isso é ser lunaticamente apaixonada, aquela louca apaixonada pela lua, por aquele a quem seus raios iluminam e que, mesmo com a

distância, seus raios percorrem o infinito levando uma mensagem e plenas vibrações de amor. Por mais que a distância nos separe, por mais que eu saiba que jamais estaremos juntos, separados pelo tempo e perdidos na distância material, lá estará o pensamento que transcende tudo o que é tangível. A vida é sonho, sim, e o céu com seu manto azul noturno é de tão rara beleza que emociona. Isso, sim, é se apaixonar. É trazer no raio do luar sentimentos de pura paixão, amor e liberdade. Só quem ama sob noites enluaradas pode sentir o beijo do vento, a luz que emana dos astros, esse quê de felicidade farta e esperançosa que festeja o encontro, nos inunda de prazer em momentos cálidos e de pura vibração.

Aquele que ama esquece todos os infortúnios. Entretanto, as emoções, os olhares, as conversas, as promessas, a respiração ofegante, a falta do que falar, a chegada, a partida e a saudade têm a lua como testemunha.

UMA NOITE DE TODAS AS NOITES

Rosauria Castañeda

Anoiteceu e eu sentada na varanda da casa da minha cunhada, no campo, vendo os últimos resquícios de luz solar... e o pôr do sol me encanta, pelas cores suaves. Mas quando anoitece vem uma nostalgia imensa, e imagens voltam na minha mente...

Lembranças de noites tristes e frias de inverno, de duas crianças que choravam sentadas no degrau da casa fechada. E assim ficavam, por toda a noite. Às vezes, pegavam roupas do varal para se cobrirem do frio e, outra vezes, tinha uma vizinha que trabalhava de noite e quando voltava para casa, lá pela meia-noite, ouvia o choro deles e levava para sua casa, dava um leite quentinho com chocolate e bolachas Vênus (sinto o gosto até hoje) e deixava eles deitarem na sua imensa cama... Ela era viúva, morava sozinha, ficava com dó das crianças e as recolhia quando vinha para casa. Ainda hoje lembro das "calcinhas" de popeline amarela com florzinhas vermelhas que ela mesma fazia na máquina de costura enferrujada e a gente via quando ela ia se deitar, e de um copo de vidro azul cheio de água em cima do bidê ao lado da cama.

Numa dessas noites, em que a velha senhora demorava a voltar para casa e o frio era intenso, a menina falava: "Como pode existir Deus e deixar a gente sofrer assim? Pra mim, ele não existe." E o irmão dela contestava: "Claro que Deus existe! Acho que a gente faz muita arte e ele castiga por isso". E, depois de um certo tempo, as coisas melhoraram, as crianças mudaram de cidade e de vida...

Mas, ainda sentada na varanda, com uma lágrima teimosa escorrendo no rosto e sentindo o ar fresco da noite estrelada, imagino quantas crianças estão em abrigos, sem o calor humano de uma família? Sem sentir um abraço, um beijo de boa noite? Ou ainda, quantas crianças estarão sem uma coberta quente, dormindo na rua, ou doentes e jogadas à própria sorte? Pior ainda, quantas crianças estão vivendo no meio de conflitos, guerras, que elas nem sabem para que servem ou por que acontecem?

De repente, uma estrela cadente corta o céu escuro... percebo que está na hora de me recolher, alguém me chama dizendo: "A janta está pronta!" Nesse momento percebo que a estrela sumiu e eu nem fiz o pedido. Mas não dava tempo de pedir para a guerra parar, para tirarem as crianças da rua, para haver mais abraços e beijos de boa noite, para as doenças findarem... Então, me recolho e vou jantar com o pessoal. Minha cunhada diz: "Depois do jantar, tem leite com chocolate e uma bolachinha." E fortalece a lembrança de alguma noite da infância distante...

VOCÊ, FACULDADE, DORES E AMORES

Tiago J. de Oliveira

Era uma daquelas noites ensopadas de Blumenau, numa cidade que parecia ter sido abraçada por uma eterna Oktoberfest. O cheiro do café fresco invadia a cozinha enquanto tentava recordar o porquê de ter entrado na faculdade de medicina. Os livros e apostilas estavam ali, à sua frente, ansiosos para serem devorados. No entanto, seu coração parecia ter se ausentado daquela rotina estudantil (mais uma vez).

Você a conheceu naquele café aconchegante no centro da cidade, onde a atmosfera perfumada dos grãos te envolvia em um abraço acolhedor. Ela era uma mistura de timidez e confiança, com seus olhos curiosos e sorriso encantador. Estudava na mesma faculdade, e seus caminhos se cruzavam constantemente nos corredores e nas salas de aula.

A cada encontro, se perdia mais naqueles olhos profundos e na inteligência cativante da pequena Camila. Não demorou muito para que você se apaixonasse perdidamente. Suas mãos tremiam a cada vez que tentava dizer algo além de um cumprimento cordial. A coragem lhe faltava, mas teimosamente decidiu que não poderia mais guardar aqueles sentimentos.

Decidiu tomar coragem e convidá-la para um passeio pela cidade. Apesar do frio na barriga, se sentia confiante, acreditando que o encanto da noite os uniria de vez. Vestindo seu melhor sorriso e carregado de esperanças, lá foi ao encontro dela...

Porém, a vida é caprichosa e, naquela mesma noite, você descobre que o pai dela os seguiu... e ele estava indignado! "Onde já se viu?" — ele esbravejava por uma chamada via WhatsApp, "Um cara de mais de 30 anos se envolver com uma menina de 19?", dizia... "Por acaso pensa que ela não tem família?"...

A partir daquele momento, a vida noturna da cidade perdeu seu brilho. As risadas que ecoavam pelas ruas não mais alcançavam seus ouvidos, e os bares perderam o encanto que um dia tiveram. O café, que antes era refúgio, agora se tornou um amargo lembrete daquela situação.

Pressionada pelos amigos e pelos pais, Camila teve que se afastar de você... excluída de todas as redes sociais, sem responder a nenhuma mensagem ou até mesmo cumprimentos nos corredores da faculdade; e ela parecia triste! Você sabia disso, sabia que ela estava muito triste...

A faculdade, outrora marcada pela presença constante dela, transformou-se em um campo de aprendizado e crescimento pessoal. Conheceu novos colegas, fez amizades sinceras e descobriu que a paixão pela medicina transcende os limites de um único coração partido.

O amor, por sua vez, revelou-se em outras formas. Encontrou carinho nos abraços dos amigos, nos sorrisos solidários e nas palavras de apoio. Descobriu que o amor está presente em cada interação humana, seja ela romântica ou fraternal, e que é preciso estar aberto para recebê-lo de diferentes maneiras.

Hoje, sentado em um café, você saboreia e aprecia o movimento ao redor. A vida continua pulsante, as luzes da cidade ganham um novo brilho, principalmente quando chove — e tem chovido muito nesse início de inverno; e o coração encontra-se aberto a novas possibilidades. Sua vida ganha novos capítulos...

Camila, com seu encanto peculiar, ensinou-lhe que a vida é feita de experiências diversas, algumas doces e outras amargas. E é justamente na mistura de sabores que perdemos o verdadeiro sentido da jornada — "a jornada não tem sentido algum", você finalmente pensa... E assim, caminhando pelas ruas da cidade, segue em busca daquela canção... sim, Murilo! Você ainda segue em busca da "Canção Perdida".

O O.V.N.I.
Antonio Reis

A festinha nesse fim de semana era na casa de Getúlio, que rapidamente conduz Antonio ao terraço onde está acontecendo o hi-fi. Ele se enturma com os convidados, pois já conhece a maioria, porém não vê a irmã do anfitrião, Rosangela, a menina por quem tinha uma queda.

Em um canto ele a vê de papo com um rapaz que não reconhece e percebe que a conversa entre os dois está boa, então não arrisca interromper.

Antonio se afasta e vai para a murada do terraço. Ele fica admirando o céu que, com a diminuição das luzes das ruas, está belíssimo. Não há uma nuvem, e a imensidão de estrelas brilhando é um espetáculo. Se encantando com as estrelas, procura as mais famosas, como a Estrela D'alva, as Três Marias, o Cruzeiro do Sul e as constelações.

Nesse momento toca um rock e os casais começam a dançar. Antonio dá uma olhada e se volta para a murada do terraço. Subitamente escuta uma voz em seu ouvido.

— Oi, não vai falar comigo? — pergunta Rosangela.

Surpreso, Antonio responde:

— Oi, tudo bem? Não quis interromper sua conversa com seu namorado.

Rosangela sorri e diz que aquele rapaz não é seu namorado, e sim seu primo, e que por isso ficou quase o tempo todo com ele na festa, pois não conhecia ninguém.

— Ah bom, me desculpe então. Eu já ia embora — avisa ele.

— Não vá ainda, pois agora que podemos conversar e você já quer ir embora?

Com um sorriso, Antonio diz que não vai mais. Estava admirando o céu e a convida para fazer o mesmo. Ela diz que adora ver o céu à noite. Antonio passa o braço por sobre o ombro de Rosangela, que aceita o acolhimento, e os dois ficam vendo as estrelas.

Subitamente ela chama a atenção de Antonio para um clarão por detrás de uma montanha ao longe. Antonio olha admirado o fenômeno, mas logo acha que deve ser uma queimada no lado oposto do morro, pois é verão e está muito quente.

— Será? — pergunta Rosangela.

A luminosidade aumenta. Antonio e Rosangela observam a luz se expandir e uma bola de luz azul-esverdeada surge por detrás do morro a uma velocidade incrível, seguida por mais três bolas menores. Rosangela chama a atenção de todos na festa, que começam a observar as bolas de luz que cruzam o céu. Imprimindo uma velocidade impressionante, elas cruzam o firmamento até o lado oposto de onde saíram e fazem uma manobra incrível voltando para o lugar de origem, depois somem por trás do morro de onde apareceram. Graças ao O.V.N.I. (Objeto Voador Não Identificado), o casal começou a namorar naquela noite e estão juntos até hoje. Lembram sempre do disco voador cupido.

CONTEMPLAÇÃO
Vera Terezinha Faccin Carpenedo

As luzes se apagam, a casa adormece e tudo silencia. Lá de fora vêm os costumeiros ruídos da noite. De dentro de mim irradiam os bramidos dos meus pensamentos. Ando devagar para não acordar os espíritos que me espreitam. Abro a janela e fico a contemplar a serenidade da noite. Tudo está calmo. Até a natureza parece adormecida, envolta em uma névoa pálida. Ouço apenas um vento manso balançando suavemente as folhagens do jardim. Permito que ele toque meu rosto e acaricie meus cabelos. Por um momento, me reporto à infância, à morada simples em que o amor e o afeto compensavam as carências materiais. O pensamento viaja e traz a saudade. O tempo se foi tão depressa!

Contemplo as luzes da cidade colorindo a noite embaçada. Da janela, ainda com o vento brincando em meus cabelos, me perco a observar as belezas adormecidas e sinto a noite a vigiar o sono revigorante das espécies que coabitam a terra e o ar.

No céu, contemplo estrelas: são muitas, me perco na contagem. E me pergunto por quê, afinal, deveria contar as estrelas? Basta que elas existam e que estejam lá, bordando o azul do firmamento.

E, nesta contemplação da noite, reviso pensamentos e conceitos. As emoções se avivam. É madrugada já. Do silêncio da noite serena brota uma onda de ternura que me invade a alma. Uma chuva fina cai, lenta e calma sobre a grama verdejante. Fecho a janela, me recolho e durmo, reconfortada.

NOITES DE VERÃO
Veridiana Avelino

Era uma noite daquelas que anunciam chuvas. Ela abria a porta quando o telefone vibrou em sua bolsa. Mesmo sem checar já sabia quem era, e o imaginou olhando as horas, esperando-a chegar em casa.

— Oi — disse, fechando a porta.

— Oi. O que acha de eu ir te ver? — uma voz pausada perguntou.

— Está um pouco tarde.

— Não é tão tarde assim.

— Tá. — Ela segurou o riso.

Era verão, quando as chuvas surgem sedentas em se esparramar pelo solo castigado. Os milímetros que deveriam chover em seis meses choviam em poucas horas, diziam os meteorologistas, se dando ares de importância.

Em Natal, tais chuvas assustam pela intensidade. Podem durar bastante ou apenas minutos para então se tornarem chuviscos e cessarem como as paixões, quando das emoções se esvaziam.

— Começou a chover. Acho que não vou mais.

— Agora quero que venha. Já falei ao meu corpo e coração. Ambos lhe esperam.

A insegurança era seu forte. Esperava sempre que ela dissesse o que fazer para poder agir.

Ela estirou o lençol da cama, passou rapidamente a escova nos cabelos e um batom que seria retirado logo. Sabia disso, mas achava divertido.

Olhava a chuva pela janela, encantada com o som dos pingos nos telhados explodindo em minúsculas estrelas, em contraste com as luzes da rua, quando ouviu o girar da chave.

Foi ter-se com ele, todo molhado, pingando no tapete e um semblante de contrariedade por isso.

Ela tirou-lhe o casaco. Correu para pegar uma toalha e, com ar de riso, começou um prazeroso ofício.

Lentamente foi secando-o. Começou pelo rosto, os olhos, o nariz e o queixo, os cabelos, as orelhas... Tirou-lhe a camiseta e foi passando a toalha pelos braços e axilas, como uma carícia. Corrigiu o peito e a barriga com aquele pano felpudo cheirando a amaciante.

Ele se deixava secar. A contrariedade deu lugar ao prazer e, mentalmente, agradeceu por cada pingo que caíra sobre si enquanto fazia o trajeto de moto, passando por poças que se formavam na via.

Ela agachou-se. Tirou-lhe o jeans e foi secando, lentamente, cada perna. Descalçou-o e o puxou para o quarto, para sua cama.

— Então você enfrentou essa chuva toda só para me ver? — dizia enquanto o abraçava em seu colo, que parecia feito sob medida.

— Você disse que eu viesse...

Ela riu.

— Não é bom passar uma noite de chuva só.

Os beijos começaram. A chuva tocava uma melodia envolvente. Os corpos brincavam, ora com o vento da madrugada, ora com o calor da paixão.

E assim atravessaram a noite entre risos, confidências, gozos de amores. Sem perceberem, o sol chegou de mansinho tangendo a noite, secando os vestígios de uma paixão de verão.

É FANTÁSTICO?

Victor Terra

Todas as noites são iguais? Evidente que não. As noites de sexta são relaxantes e as de sábado são libertadoras. Chegou o domingo! Quando chegamos à meia-idade, dormir até tarde e um café de luxo, estilo de hotel, nos deixa felizes demais. Alguma coisa acontece em mim quando dá meio-dia no domingo... É o início da tarde.

A tarde vai caindo... Bate uma melancolia. Começo a pensar na ampulheta da vida, nas pessoas que se foram. Sinto saudade dos meus pais. Penso nos filhos que já casaram. Escorre uma lágrima. Chega a noite e estou completamente impaciente, porque estou pensando no dia seguinte. Voltar à rotina.

Mas há o clímax da tensão de domingo... Uma melodia infernal que nos desperta para o próximo dia: a música do Fantástico. Essa abertura causa em mim e em 98% dos brasileiros que assistem ao programa um desespero, pois aponta para o próximo dia e toda a cansativa rotina. Assisto ao programa largado no sofá com uma cara de ódio, vontade de quebrar a TV. Não tenho raiva do programa, pelo contrário, gosto muito; tenho desespero com a rotina semanal. O Fantástico é o despertador de rotinas, o anunciador do Apocalipse trabalhista! Os seus créditos são piores, porque anunciam, para mim, a hora de dormir.

Deito, todavia não durmo. Começo a pensar no caos do dia seguinte. Fico sem dormir, rolando na cama igual a frango de padaria. Gosto de pessoas, mas quando a gente passa da meia-idade, perde a paciência fácil. Penso na alegria da dona Jordelina me trazendo café, pessoas muito felizes me deixam estressado; na Gabriela falando das viagens ao redor do mundo, faço cara de paisagem, coloco quase uma mata atlântica na face; o Victor agitado demais, pessoas agitadas me dão vontade de amarrá-las na cadeira; o pior é o Douglas com suas perguntas de quinta série:

— Você sabe qual a diferença do poste, da mulher e do bambu? — E ele mesmo responderá: — O poste dá luz em cima, a mulher dá luz embaixo. E o bambu?

Quero morrer só de me lembrar dessas situações! Ao pensar na rotina e nos dilemas enfrentados. Lá pelas quatro horas da manhã o sono chega, mas vai embora às 5h30. Hora de levantar. Levanto de forma mecânica e me dirijo ao trabalho. Faço a mesma coisa há 30 anos, vou quase de olhos fechados, sem reparar nas pessoas que estão no caminho. Somente quando chego bem próximo percebo pouquíssimos carros no estacionamento, pouco movimento. Estranho... Ouço: "O senhor por aqui, no feriado?". Só consigo sentar num banco e gritar: Aaaaaaaaaaah...

NOITE ETERNA
Wanda ROP

Noite plena de mistério e encanto, onde o véu da escuridão abria espaço para o brilho intenso das estrelas. As ruas, adornadas por lâmpadas douradas, pareciam tecer um convite sussurrado ao amor. Era nessa atmosfera mágica que se desenrolavam histórias de paixão.

As almas enamoradas dançavam sob o manto noturno, embaladas por melodias de um piano distante. A cidade se transformava em um cenário romântico, com seus prédios imponentes e suas praças repletas de segredos a serem descobertos.

Os casais caminhavam de mãos dadas, em meio a suspiros e olhares cúmplices. Os passos eram suaves, como se temessem quebrar a magia que pairava no ar. As palavras, sussurradas ao pé do ouvido, ganhavam um tom de poesia, ecoando entre as sombras.

As ruas eram testemunhas silenciosas de juras eternas, de promessas suspiradas ao luar. Os enamorados encontravam refúgio em bancos de praças, sob a luz tênue de lampiões antigos, compartilhando confidências e sonhos, como se o mundo se resumisse àquele momento.

Noite de cumplicidade e sedução, onde os olhares falavam mais do que mil palavras. Os beijos trocados à luz das estrelas eram selos de um amor intenso, transbordante. Cada toque, cada carícia, eternizava-se na memória dos amantes como uma partitura sublime a ser repetida em compassos perfeitos.

Longa noite, musa sedutora, envolvia tudo e todos com seu manto encantador. Sob ela, os corações se abriam, revelando segredos e desejos. Os sonhos ganhavam asas e voavam alto, embalados pela brisa noturna.

E assim, nessa noite eterna, o amor se fortalecia. Os amantes sabiam que, no silêncio do escuro, encontravam a verdadeira essência de suas emoções. Nas entrelinhas da escuridão, descobriam o poder transformador do afeto, a capacidade de fazer da noite uma dádiva a ser vivida intensamente.

Que cada noite, então, seja um convite à paixão. Que os enamorados se entreguem ao encanto da escuridão e encontrem, em seus abraços, a trilha sonora dos desejos. Que as ruas sejam palco de histórias apaixonantes, eternizadas nas memórias da cidade, testemunhas silenciosas do amor que floresce na calada da noite.

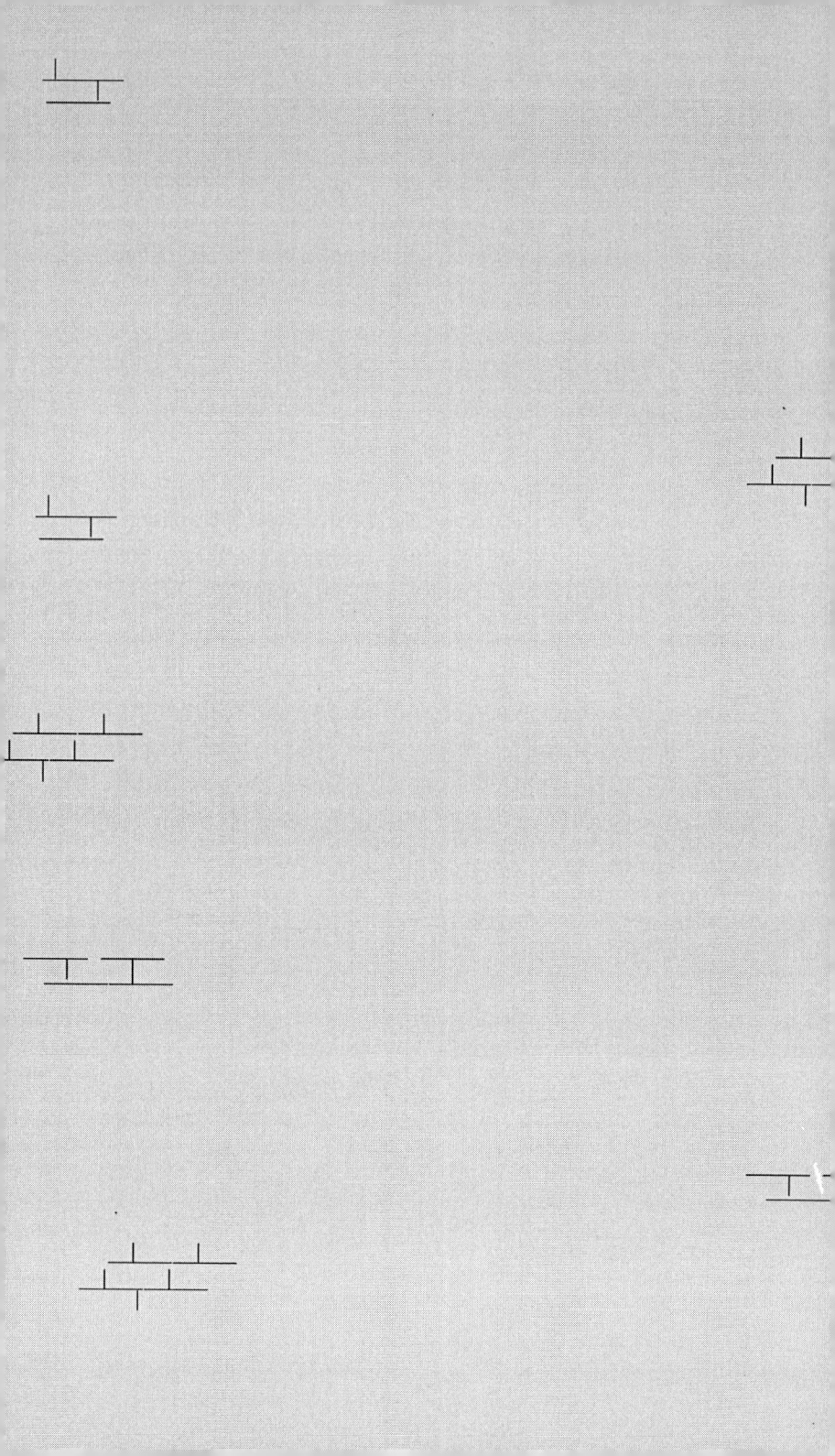